「ロレンさん！　ロレンさん！　大変なことになりました。
冒険者ギルドからの緊急依頼なんてものが出たんですよ」
「そりゃ聞こえてたが、何が大変なんだ？」
「報復依頼なんです！」
これで分かっただろうとばかりに
アイヴィがロレンの顔を見るのだが、
ロレンの顔には疑問符が浮かんだままであった。
食い詰め傭兵の
幻想奇譚13

「憤怒の邪神レイス＝サターニア。
ちびっ子のクセしよって攻撃力だけなら、
うちら邪神の中で最大級のモノを持っとる奴や」

ロレン達を見下ろす少女は、炎の中にいるというのに、
その衣服はおろか体や髪に至るまで
炎の影響を受けているようには見えない。

「いけませんロレンさん！　控えてください！」
顔を強張らせて小さく、それでいて強い口調で
そう言ったのはラピスであった。
「そんな畏まらなくてもいい。
これは不可抗力なのだろうし」
おそらく魔術によって生じたのであろう
その光に照らされたのは、若い男の顔であった。

食い詰め傭兵の幻想奇譚

13

Fantasie Geshichte von Söldner in großer Armut

まいん

Illustration
peroshi

口絵・本文イラスト　ｐｅｒｏｓｈｉ

Fantasie Geshichte
von Söldner in
großer Armut

プロローグ　再会を勧められる

特に何も滅《ほろ》びなかったと、ひょろりとそんな噂《うわさ》が立った。

何も滅びなかったというならば、噂を立てなくてもいいだろうにと思うロレンなのであるが、最近あちこちであれが滅びたこれが滅びたという噂が次々に立っているせいなのか、何も滅びていないということが、実は何かの前触《まえぶ》れなのではないかというような噂が立ったらしい。

つくづく人というものは噂というものが好きなのだなと呆《あき》れるロレンはふと、よくよく考えてみれば、少し前に自分が関係した依頼《いらい》の中で火笛山なるドラゴンが住む山の麓《ふもと》にある村がいくつか、大量に集まっていたオーク達《たち》の手によって壊滅《かいめつ》していたことを思い出した。

噂話《うわさばなし》をしている冒険者達《ぼうけんしゃたち》に、なんとなくといった感じで会話に加わりつつそのことを指摘《てき》したロレンは、冒険者達の反応に驚《おどろ》かされることになる。

適当に目をつけて、ロレンが話しかけた冒険者達はあろうことか、いまどき村が一つや二つ滅びたくらいではもう噂にもならないと言い出したのだ。

聞けば結構あちこちで、ロレンが全く関与《かんよ》していないような地域でもちらほらと村が壊滅し村人が全滅《ぜんめつ》か、それに近い被害《ひがい》を受けるといった話が頻発《ひんぱつ》しているらしい。

その件数が結構多くて、今では村が壊滅したくらいでは噂話にも上らなくなったと笑いながら話す冒険者達の様子に、そんなことでいいのだろうかと思ってしまうロレンなのだが、ではそれに関して何か行動をするべきだろうかと考えれば、何をしていいやら分かるわけもなく、曖昧《あいまい》な笑《え》みでそのことについて教えてくれた冒険者達とは別れていた。

「治安が乱れるってのは、傭兵《ようへい》にとっちゃ稼《かせ》ぎ時なんだがなぁ」

村が壊滅するということは、その村があった地域がいくらかの時間ではあっても空白化するということである。

少しでも国土を広げたいという野心を持った国からしてみれば、そういった空白地帯はすぐにでも手を伸《の》ばしたくなるようなものであり、実際に手を伸ばせば元々その地域を国土としていた国と規模は様々であろうが戦争になってしまう。

これは国と国との間で起こる諍《いさか》いであるのだが、実際には国内においても貴族と貴族が己《おのれ》の所領を少しでも広げるために、同じようなことをして小規模な戦闘《せんとう》に発展することが少なくない。

本来、貴族が持っている土地というものは国から下賜《かし》されたものであり、勝手に広げていいようなものではないはずなのだが、ここで問題になるのは正確にここからここまでがこの貴族の所領であるという証明がしづらい、ということであった。

つまり、所領の境界線というものはひどく曖昧なのである。

これは国内における詳細《しょうさい》な地図というものが存在しないことから起きる問題であった。

いちおう国が持っている地図というものは存在しているのだが、これに関しては人の手と目と足でもって作られた代物《しろもの》であり、ありていに言えば距離《きょり》や寸法、縮尺などが酷《ひど》くいい加減なものなのだ。

これは地図を作る技術というものがあまり発達していないというところから来ている問題であり、とある事情からロレンと行動を共にしている魔族《まぞく》の少女たるラピスから言わせると、人族の測量技術というものはその程度のところで止まったままなのですかと驚かれる話らしいのだが、現実がそうであるのだからどうしようもない。

かくしてきちんと決められておらず、なんとなく適当にあの辺からこの辺までが貴方《あなた》の所領ですよという決められ方をしているせいで、貴族の所領の境界線はひどく曖昧で不安定な代物に成り果てているというわけである。

「そいつをメシの種にしてた俺《おれ》がどうこう言えることでもねぇんだがな」

そういった世の中の乱れのようなものは、きっとどこかの誰《だれ》かが何とかしてくれるのだろうと思っているロレンである。

それこそいずれ、英雄《えいゆう》と呼ばれるような存在が現れ、大陸全土を統一してくれるかもしれない。

そうなれば傭兵という稼業《かぎょう》はほとんど、成り立たなくなるのだろうが現在ロレン自身は既《すで》に傭兵から足を洗った状態であり、冒険者としては特に思うところもなかった。

それよりも、とロレンはテーブルを挟《はさ》んで正面の席から身を乗り出しているラピスの方を見ると、テーブルの上に置いてあった酒の入ったコップを手に取る。

場所はいつもの冒険者ギルドに併設《へいせつ》された食堂の片隅《かたすみ》。

時間は昼時とあってロレンが座《すわ》っているテーブルの上には固いパンとあまり具の入っていないスープに、いくつかの野菜の酢漬《すづ》けが入った皿が置かれている。

本来ロレンはこの時間に、ここへは昼食を摂《と》りに来ていたのだ。

火笛山の調査依頼の報酬《ほうしゅう》は、大半を最近結婚《けっこん》した白銀級冒険者のカップルであるチャックとニムに渡《わた》してしまったとはいえ、ロレンの手元にはそれなりの現金が残っている。

実は背負っている借金の額を考えると、それは砂粒《すなつぶ》ほどにしか感じられない代物ではあったのだが、借金の方はとりたてて返せとも言われていないし、督促《とくそく》があるわけでもないので気にしないことにしているロレンはその金で昼食を摂ろうと考えたのだ。

もちろん借金の方は踏《ふ》み倒《たお》そうと考えているわけではないのだが、金額にするとどこかの国家を動かせるのではないかと思われるほどの金額に上っているそれを、一介《いっかい》の冒険者でしかないロレンから本気で取り立てようと思っているとは考えにくい。

そのうち、何かの折にいいように使われるのだろうくらいに考えておけばいいか、と思っているロレンであった。

それはともかく、今現在問題にしなければならないのは目の前で身を乗り出しているラピスのことである、とロレンは頭を切《き》り替《か》える。

ロレンが昼食を摂りに来るのとタイミングを合わせたように食堂に姿を現したラピスは、ロレンの正面に座るなり、いきなりこう切り出してきたのだ。

「ロレンさん、北へ行きましょう」

何を唐突《とうとつ》に言いだすのやらと思いながらロレンは食堂の窓から外を見る。

カッファの街がある地域は大陸南西部であり、気候は温暖で、一年を通してあまり気温が激しく動くことはない。

これが大陸南部となると年中高温多湿《こうおんたしつ》に悩《なや》まされるような気候になるのだが、ラピスの言う北部となると、これが真逆になり低温と乾燥《かんそう》に悩まされる、お世辞にも過ごしやすいとは思えない気候の地域である。

　必要とあればそこへ行くことについて異論を挟む気はないロレンではあるのだが、あまりにいきなりな話すぎやしないかと思いつつ、手元にあったパンを割り、その欠片《かけら》をもそもそと食べ始めた。

「ロレンさん？　私の話を聞いてます？」

　ラピスの言葉に特に反応を示すことなく、そのまま昼食を摂り始めたロレンへラピスが少しばかり険を含《ふく》んだ声をかけるが、ロレンは構わずに口の中のもそもそとしたパンを具の少ないスープで流し込んでから、ちらりとラピスを見る。

「続けていいぞ？　全部聞いてから考える。意味もなく唐突に思いついたからってわけじゃねぇんだろ？」

　この場にグーラはいない。

　冒険者として仕事を行うときは必ずいるグーラではあるのだが、そうではない時間はどこで何をしているのか、今一つロレンは把握《はあく》していなかった。

　古代王国によって創《つく》り出《だ》され、邪神《じゃしん》と呼ばれるほどの存在であるグーラを放置しておくのは危ないような気もすることはするのだが、だからといってその行動を制限できるような方法がロレンの手元にあるわけではない。

今でこそ冒険者仲間として行動を共にしてはいるものの、グーラがその気になれば自分などあっという間にグーラの持つ暴食の権能によって、胃に収められてしまうのだろうと思っているロレンとしては、藪《やぶ》を突《つつ》いて蛇《へび》を出したくはなかった。

「理由はあります。ロレンさんが所属していた傭兵団の団長さんのことです」

そうラピスに言われてロレンはふと、少し前に得ていた情報のことを思い出す。

それはロレンが元々所属していた傭兵団の団員からもたらされた情報であり、どこまで情報として正確なものかは分からないまでも、その情報によればロレンがいた傭兵団の団長が北にあるユスティニア帝国《ていこく》なる国で見かけられたらしかった。

ロレンからしてみれば傭兵団の団長は育ての親であり、剣《けん》の師匠《ししょう》であり、傭兵団の仲間でもある。

再会できるものならば、一度会っておきたいという気持ちはあった。

なし崩《くず》し的に傭兵を辞《や》め、冒険者となっているロレンではあるのだが、やはり団長が生きているならばきちんと一度傭兵《ようへい》を辞めることを告げておきたいという気持ちがあったのである。

だが、その為《ため》だけにその北にあるユスティニア帝国とやらまで足を伸ばす気があるか、と問われれば即座《そくざ》に否と答えるロレンであった。

それだけラピスの言う北部という土地は遠い。

団長の情報を得た後で、こっそりロレンはそのユスティニア帝国という国が大陸のどの辺りにあるものなのか調べてみたのだが、大陸中央部の真北に位置していた。

ロレン達がいる大陸の中央部は険しい山岳《さんがく》地帯に囲まれた、魔族が住む領域というものが存在しており、南西部からユスティニア帝国のある地域まで行くには、魔族領を大きく迂回《うかい》していく必要がある。

「片道だけ考えても相当な日数と金のかかる話だぜ？　往復を考えりゃ気が遠くなりかける。そこまでして行く必要があんのか？」

「あります」

間髪《かんはつ》を容《い》れずの即答《そくとう》であった。

あまりに素早《すばや》く、そしてきっぱりとした答えであったせいでわずかにロレンが鼻白んだのを契機《けいき》に、ここで押《お》すべきだとでも思ったのか、さらにテーブルの上に身を乗り出してラピスがロレンへ顔を近づけてくる。

「先日のお仕事中に確信しました。私達はどうしても団長さんに会い、そのお話を聞かなければなりません」

「気が進まねぇな」

ラピスがそこまで団長という人物に固執《こしつ》する理由は、なんとなくではあるがロレンも理解していた。

チャックとニムの結婚式《けっこんしき》の前に受けた仕事の中で、ロレン達は古代王国の遺跡《いせき》の一つを探索《たんさく》することになったのだが、その最奥部《さいおうぶ》へと続く扉《とびら》は魔術《まじゅつ》により施錠《せじょう》され、開錠《かいじょう》するための言葉が必要となった場面があった。

ラピス達がその扉に刻まれた文言から答えを導き出そうとしたのに対し、ロレンはさも当たり前のことであるかのように、以前に団長から教えられたという言葉を口にし、扉を開いてしまったのである。

ロレン自身は団長から、誰でも知っているお伽噺《とぎばなし》として聞いていた知識であり、逆にラピス達が何故《なぜ》それを知らないのだろうかと不思議に思っていたのだが、ラピス達から言わせればそんなお伽噺は聞いたことがない。

もちろんこれがラピスだけの認識《にんしき》であったのならば、外見上は神官なのだがその正体は魔族であるラピスが知らないだけ、という可能性もあった。

しかしこれについては、その時ロレン達に同行していた吸血鬼《きゅうけつき》最上位の存在である神祖の一人、ディアという少女がこっそりとラピスに大陸広しといえども、ロレンが聞いたというようなお伽噺は聞いたことがない、という情報を与《あた》えていたのである。

その情報をこっそりと耳打ちされたラピスは、これは是《ぜ》が非《ひ》でもロレンを説得し、傭兵団団長なる人物と一度会って話をしなければならないと決心したのであった。

「気が進まないって、会いたくないんですか？」

「会いたくねぇわけじゃねぇが……わざわざ会いに行くってのもなぁ」

少しばかり異なるが、極端《きょくたん》なことを言えば大陸の南部から北部へと大陸を縦断するような行程になる。

それだけでも気が遠くなるような距離であるというのに、魔族領を避《さ》けて通ればさらに長い道のりを移動しなければならない。

「団長だっていつまでも北部にいるわけじゃねぇんだろうから、もっと近くで噂を聞いたときでいいんじゃねぇか？」

傭兵団が壊滅してからこちら、団長がどこで何をしていたのかについてロレンは全く情報を持っていない。

ロレンに団長の情報をくれた元団員ならば知っていたのかもしれないが、残念ながらその団員はロレン達も巻き込まれたトラブルの最中に命を失っている。

そのことを思い出すと少しばかり気分が落ち込むロレンなのだが、ふと気が付けば自分の視界の中に背中に羽を生やしたワンピース姿の小さな少女の姿があり、心配そうにこちらを見ているのに気が付いて、暗くなりかけていた気持ちをなんとか引《ひ》き戻《もど》す。

〈お兄さん、無理はしないでくださいね〉

とある事件で遭遇《そうぐう》したアンデッド最上位に位置する〈死の王〉。

その〈死の王〉に変えられてしまった少女であるシェーナの心配そうな思念が脳裏《のうり》に聞こえ、ロレンは自分にしか聞こえないその声に大丈夫《だいじょうぶ》だとばかりにわずかに笑ってみせた。

ロレン達との戦いの結果、物質的な体を失い、精神だけの存在となったシェーナは、そのまま放っておけば消えてなくなるしかなかったのであるが、ロレンの精神体の内側に間借りするという方法でなんとかその存在を維持《いじ》しているのだ。

そんな状態であるからこそ、シェーナにはロレンの感情がかなりダイレクトに伝わってしまうことがある。

「まぁその……無理にとは言いませんが、考えておいて頂けますか？」

それらのやりとりは外からはうかがい知ることのできないものであったのだが、雰囲気《ふんいき》からなんとなくそれを察したのか、一旦《いったん》話を終わらせた方がよさそうだと判断したラピスはそうロレンに告げると背後を通りかかったウェイトレスに自分の分の昼食を注文し始めるのであった。

第一章　緊急から依頼される

一旦終わった話を蒸《む》し返《かえ》すというのはあまり気持ちのいいものではない。

必要ではある、という確信を抱《いだ》いてはいてもそれが元でロレンの感情を悪くしてしまったのでは意味がないとラピスは考えたらしく、北へ行こうという誘《さそ》いを行ってから数日はその話題について触《ふ》れるようなことはしなかった。

ロレンの方も考えておいてほしいと言われていた手前、ある程度考えはしてみたものの、やはり無理に団長に会いに遥《はる》か北方まで出向くというのはどうにも気の進まない話であり、できれば勘弁《かんべん》してほしいと思うことに変わりはない。

そんな感じであったので、どちらともその話題に触れないままに時間は過ぎていき、いい加減二人ともそれについて忘れかけるくらいのタイミングで、冒険者ギルドにとんでもない情報が飛び込んできたのである。

「冒険者ギルドからの緊急依頼《きんきゅういらい》です！」

その情報が書かれた紙を受け取ったのは冒険者ギルド女性職員のアイヴィであった。

情報自体は早馬で持ち込まれ、馬を飛ばし続けたせいなのか体力が尽《つ》きた形でよたよたと冒険者ギルドの入り口から入ってきたその騎手《きしゅ》は、ちょうど受付嬢《うけつけじょう》をやっていたアイヴィにその紙を差し出すと、その場で昏倒《こんとう》。

他の受付嬢や職員達に騎手の手当を命じたアイヴィは差し出された紙に目を通すとわずかに顔色を変え、即座に奥《おく》へと走り去っていった。

カッファの街にあるのは冒険者ギルドの支部である。

その支部の奥にいるのは幹部やギルドマスターといった支部の中でも地位の高い人物ばかりであり、アイヴィがそちらへ走ったということは上の意見を求めなければならない何かが持ち込まれたということを意味していた。

いったいこれから何が起きるのかと身構える冒険者達に対し、奥から戻ってきたアイヴィが発した言葉がその一言だったのである。

すぐさま依頼票《いらいひょう》が貼《は》られている掲示板《けいじばん》に、依頼の詳細について記された紙が貼られることになったのだが、それを見る冒険者達の間からはどよめきのようなものが漏《も》れ出し、事の重大さを表していた。

「ロレンさん！　ロレンさん！　大変なことになりました」

ちょうど時間は夕方であり、これから食堂で何を夕食に食べようかということをラピスやグーラと相談していたロレンはなんだか周囲が急にざわめきだし、殺気立ち始めたのをぼんやりと眺《なが》めていたのだが、自分を呼ぶ声にそちらを見ればギルド職員の制服を着たアイヴィがなぜか自分の方に早足で歩み寄ってくる姿が見えた。

「アイヴィ？　何の騒《さわ》ぎなんだこりゃ？」

「今、冒険者ギルドからの緊急依頼が出たって言うとったやんか」

グーラの言う言葉は言われなくとも分かっているロレンである。

しかし、それとアイヴィが自分の方に向かってくるのと、どのような関連性があるのかについては説明してもらわなければ分かるわけがない。

とりあえず待っていれば本人から説明があるだろうと近寄ってくるアイヴィを出迎《でむか》えるでもなく椅子《いす》に座ったまま待っていれば、早足で近づいてきたアイヴィが勢いそのままに、手にしていた紙をロレン達が座っているテーブルの上へと叩《たた》き付《つ》けた。

「大変なんですっ！」

「聞こえてるから、落ち着いて何が大変なんだか説明しろよ」

今にも掴《つか》みかかって来そうな勢いで顔を近づけてきたアイヴィの顔面を掌《てのひら》で押し返しながらロレンが言うと、そこでようやくアイヴィは大変を連呼していても何の説明にもならないことを悟《さと》ったのか、一度深呼吸をし、気を落ち着かせてからロレン達がついているテーブルの椅子を一つ引いて、そこに腰《こし》かける。

「冒険者ギルドからの緊急依頼なんてものが出たんですよ」

「そりゃ聞こえてたが、何が大変なんだ？」

「報復依頼なんです！」

　これで分かっただろうとばかりにアイヴィがロレンの顔を見るのだが、ロレンの顔には疑問符《ぎもんふ》が浮《う》かんだままであり、とてもアイヴィが期待しているほどに話の内容を理解しているとは言い難《がた》い顔であった。

　ならばラピスやグーラならば、とアイヴィは視線を巡《めぐ》らせたのだがグーラに関しては特にアイヴィの言葉に興味を抱いた様子もなく、いつもと変わらない平静な表情のままであり、ラピスはこちらは興味なさそうに食堂のメニューを開いて夕食に何を食べるのか考え中といった有様である。

「ちょっと皆《みな》さん!?　大変なことなんですよこれ！」

「そう言われましても、何がどう大変なのやら。そもそも依頼ということは別段受けなくてもいい話なんですから、あんまり関係ないのでは？」

　ばしばしとテーブルの天板を掌で叩くアイヴィに、ようやくメニューから視線を上げたラピスが言う。

いくら大変なことが起きていると言われても、それに関係さえしなければいいだけの話であり、面倒《めんどう》なトラブルに巻き込まれやすいロレン達ではあるのだが、頭から大変だと分かっているならばそれを避ければいいだけの話だと思っていた。

だがそんなロレン達の考えを、アイヴィは即座に否定してみせる。

「駄目《だめ》なんです！　ギルドマスターより指示があり、今回の報復依頼は白銀級冒険者以下の全《すべ》ての冒険者に参加義務がある依頼なんです！」

「なんだそりゃ？」

アイヴィの言葉はロレンが聞いても無《む》茶《ちゃ》くちゃな話であった。

そもそもカッファの街に限った話をするならば、白銀級より上の階級の冒険者が現在所属しておらず、アイヴィの言う通りの参加条件ならば全員がその依頼に駆《か》り出されるということになってしまう。

そんなおかしな依頼があるものだろうかと首を捻《ひね》るロレンに、ラピスはそっと囁《ささや》いた。

「各支部にいるギルドマスターの権限はメンバーに対しては絶大ですからね。断ればギルド参加を取り消されるかもしれません。しかし……」

そこでラピスは視線をロレンからアイヴィへと向ける。

「白銀級以下全員というのは、あまりに参加人数が多すぎる話です。それだけの人数が本当に必要なんですか？」

「あ、いえ。今回に関しては人手を出すか、あるいは資金を負担するかのどちらかを選択《せんたく》してもらうことが可能です」

ここに書いてありますとアイヴィは自分が持って来て、テーブルの上へと広げた紙片《しへん》の一部を指さしてみせる。

確かにそこにはアイヴィが言ったことと同じことが記載《きさい》されているのだが、資金を負担する場合の最低金額を目にしてロレンが軽く目を見張った。

「金貨五枚以上とは、とんでもねぇな」

「白銀級冒険者なら捻出《ねんしゅつ》できる金額なんでしょうが、黒鉄級以下は難しいですね」

そこに書かれていた条件は、一人頭金貨五枚か人一人分の労働力を提供することというものであった。

最低限の金を支払《しはら》って参加を免《まぬが》れるとしても、金貨五枚は大金である。

あまりに乱暴すぎるのではないかと思うロレンだったのだが、続くアイヴィの説明を聞いて考えを変えることになった。

「冒険者ギルドの支部が、潰《つぶ》されたんです」

冒険者ギルドとは冒険者同士の互助《ごじょ》組織という意味合いが強い組織だ。

その組織の一部が潰されたとあれば、組織を上げて報復に出るという行動は理解できるものであり、全員参加を義務づけられるというのも納得《なっとく》できる。

しかし、政治に関与することなくその組織力を冒険者のためだけに使う冒険者ギルドの支部を潰したというのは、暴挙としか言いようがない。

「職員はほぼ全滅。所属していた冒険者達も殺されるか捕縛《ほばく》されるかして逃《に》げ出せた者は少数だそうです。その少数が国境を越《こ》えて隣国《りんごく》の冒険者ギルドに助けを求めたのが発端《ほったん》で、すぐに早馬が大陸全土の冒険者ギルドに向けて情報を」

「隣国？　ちょっと待てアイヴィ。その話っぷりだと潰された支部ってのは一つじゃねぇのか？」

支部一つを潰したというだけでも、ロレンからしてみればとんでもない暴挙である。

しかし助けを求めるのに隣国まで落ち延びたというのであれば、潰された支部というものは一つや二つではなく、下手をすればどこかの領地の中にある全ての支部が潰されるような事態になったのではないか、と考えたロレンの言葉にアイヴィは首を縦に振《ふ》った。

「信じられねぇな。そんな暴挙に出やがったのはどこの領主様だってんだ？　冒険者ギルドはそいつになんか恨《うら》みでも買ったのか？」

「領主じゃないんです」

そう答えたアイヴィは自分を落ち着かせるためなのか、制服の胸の辺りを自分の掌で押さえて、緊張《きんちょう》のためなのか荒《あら》くなりつつある呼吸をゆっくりと静めた。

冒険者ギルドの職員であるアイヴィという女性は今でこそ短い金髪《きんぱつ》に整ったきれいな顔立ちという特徴《とくちょう》はあるものの、どこにでもいるような女性であるのだが、実際にはグーラと同じく古代王国によって創り出された嫉妬《しっと》の邪神である。

顔立ちや顔は自らの手によって変えてしまったものの、その中身までは変わっているはずはないのだが、そんなアイヴィがそこまで緊張するような事態とはいったいどのようなことになっているのかとロレン達の視線が集まる中、呼吸を整えたアイヴィは少しばかり震《ふる》えの混じる声でこう告げてきた。

「冒険者ギルドの支部十五を壊滅させたのは、大陸北方に国土を持つロンパード王国。その命令を下したのは国王のロンパード三世なんです」

アイヴィが告げた言葉をロレン達が理解するまでには、そこそこの時間がかかった。

まず最初に理解を終えたのはラピスであり、信じられないといった様子で首を横に振る。続いてグーラが顔を驚きに歪《ゆが》めたまま椅子の背もたれに体を預け、最後にようやく事態を理解したロレンが険しい顔でテーブルの上に広げられている紙とアイヴィの顔とを交互《こうご》に見比べ始めた。

「信じがたいのは分かります。お話ししている私も、いまだに半分くらいは信じられないんですから。ですが、届けられた情報には間違《まちが》いなく国家主導でギルドの支部が潰されたという記述があるんです」

「その王国も信じられねぇが、冒険者ギルドも信じられねぇな。でかい組織だってのは分かっちゃいるが、まさか国を相手に報復行動に出るってのかよ」

冒険者ギルドは大陸全土にその組織を広げている巨大《きよだい》な組織である。

それはロレンも知ってはいたのだが、だからといって国を相手にケンカをし、勝利を収めることができるのかと考えれば、それは難しいのではないかと思ってしまう。

確かに構成員の数だけならば国が保有する兵士の数に匹敵《ひってき》するのかもしれない。

しかしそれらは大陸中に散らばっているものであり、一度にまとめて運用できるような戦力ではないはずだからだ。

そこまで考えたロレンはふと、参加条件について気になることを思い出し、アイヴィへと尋《たず》ねてみた。

「そんな大事なら、黄金級以上の冒険者も動かすべきじゃねぇのか?」

その数は非常に少ないとはいえ、白銀級と比べてもとんでもない実力を持っているはずの黄金級以上の冒険者が今回の依頼には含まれていないのである。

それだけ重大な事態ならば、それらの戦力を動かさないというのは腑《ふ》に落ちない。

「駄目なんです。冒険者ギルドが大陸全土で活動を許されているのは、各国との協定があってのことなんですが、その中に黄金級以上の冒険者を戦争に参加させてはならないという決まりがありまして」

アイヴィ曰《いわ》く、黄金級以上の冒険者というのは一般的《いっぱんてき》な兵士達と比べれば最低でも何部隊か分、下手をすれば一軍に匹敵するような戦力として数えられるらしい。

そんな存在が冒険者ギルドの名の下に、大陸中を自由に動き回れるのはそういった取り決めがあるおかげなのだとアイヴィは言う。

それがなければ、軍に匹敵するかもしれない戦力があちこちをうろうろすることを各国が許してくれるはずもない。

「今回に関しても、先に手を出してきたのはロンパード王国側ではありますが、その報復に黄金級以上の冒険者を動かせば、協定が崩れる可能性が高いと」

「面倒な話やなぁ。その協定を後生大事に守って、一線級の戦力が使えんのかいな」

「それこそ、冒険者ギルドの存続自体が危《あや》うくなる、と判断されたようです」

報復に失敗したとしても、ロンパード王国領土内だけの問題で終われば冒険者ギルドの組織としては、かなりの痛手ではあっても致命傷《ちめいしょう》には遠い。

しかし協定を破って黄金級などの冒険者を動かせば、今度は大陸中の国家から警戒《けいかい》されることとなり冒険者ギルドの存続が危ぶまれる事態になりかねないのだ。

だからこそ、運用すれば非常に効果的な戦力ではありながら、冒険者ギルドはそれを行うことができないでいる。

「ちょっと待ってください。ということはこの人手を出すという選択をした場合は、戦争に駆り出されるということなんですね？」

ラピスの言葉にアイヴィは頷《うなず》く。

「冒険者ギルド支部を潰す以前から、ロンパード王国は隣国と戦争状態にありました。今回はその隣国に手を貸す形で戦力を送り込む、ということです」

冒険者ギルド自体が王国と事を構えるとなればロレンが考えたように非常に難しい話となりかねないが、既に交戦中の国に戦力を貸し出す形ならばそれほど条件の悪い戦いでもないようにロレンには思えた。

「で、その別の国ってのはどこなんだ？」

尋ねるロレンに答えようとアイヴィが口を開きかける。

その口から声が発せられるより先に、ロレンはなんとなく勘《かん》のようなものが働いて次にアイヴィが口にするであろう言葉をなんとはなしに口にしてしまった。

「もしかしてユスティニア帝国か？」

答えかけていたアイヴィは先に声を出したロレンを驚きの目で見る。

それこそがアイヴィの答えであり、思わずといった感じでロレンはラピスと顔を見合わせるのであった。

強制的に行け、と言われるのは冒険者としてはどうにも承服しかねるロレンではあるのだが、それよりもまず解決しておかなければならない話があった。

「北の端《はし》っこの国に今から出向いて間に合うのかよ」

早馬を飛ばしてきたとしても、大陸中央の魔族領を迂回してきているのであればどんなに早くとも十日以上の日数が必要となるはずであった。

何のトラブルにも見舞《みま》われず、最短の日数でカッファまで早馬が届いたのだとしても、どうにも手遅《ておく》れのような気がしてしまう日数である。

だがこれにはアイヴィが説明を行った。

「冒険者ギルドのいくつかには、情報を伝達しあう魔術道具が常備されています。どんなに遅《おそ》くともその連絡網《れんらくもう》を使えば、早馬と併《あわ》せて数日以内には情報が届く仕組みがあるんです」

「何気にすげぇんだな、冒険者ギルド」

「けど、ほんならここから目的地まで向かうんに、馬車を用立ててもやっぱり十日以上かかる道のりなんやろ？　情報みたく人は飛ばせないいんやから、そっちは間に合わないいんやないか？」

新たに疑問を提示したグーラにも、アイヴィは冷静に答える。

「カッファからは現地までの特殊《とくしゅ》な便が出ます。それは内部で宿泊《しゅくはく》を行ったりすることができる代物です。これは一度に十数名を運ぶことができます。費用は不参加の冒険者達からの資金で賄《まかな》われます。これなら十日以内に現地に到着《とうちゃく》できる見込みです」

「やっぱり手遅れな感じが否めねぇんだが」

事が発覚してから最短で考えても十数日の日数を消費することになる計算だった。

帝国と王国の戦いとやらがどのような状況《じょうきょう》なのか分からなくても、決着がついてしまっておかしくない日数の消費である。

だがアイヴィはそれを否定した。

「帝国と王国は長きにわたって小競《こぜ》り合《あ》いや大きな戦争を戦っている国です。そう簡単に決着がつくことはありません」

「ロレンさん、その辺りは詳《くわ》しくないのですか？」

ラピスに水を向けられてロレンは少し考える。

北の方の戦場で戦ったことは何度かあったことを覚えているロレンではあるのだが、ではどこの国に属してどこの国と戦ったのかということになると、まるで覚えていない。

ロレンのような傭兵団団員にとっては目の前の敵をどのようにして倒すのか、ということだけが重要な事柄《ことがら》であって、どこの国に属してどこの国を敵にするのかということを考えるのは幹部以上の人間の役割であったからだ。

「悪ぃな。俺の方はアテになりそうにねぇわ」

「いろんな意味で生粋《きっすい》の傭兵ですよね、ロレンさんって」

そう語るラピスの言葉に、呆れや嘲《あざけ》りはない。

本当にただ戦い続けてきたらしいロレンのこれまでの人生に、感嘆《かんたん》しているといった雰囲気だけが強い言葉であった。

他に選択肢《せんたくし》があったわけでもないのだから、と思うロレンへアイヴィが真剣《しんけん》な目を向ける。

「これからお話しすることは本当はお話ししなくてもいいことなのですが」

そう前置きしてからアイヴィがロレンへと話した内容は、ロレン達《たち》にとってはやや驚《おどろ》きの内容であった。

実際のところ、カッファの街の冒険者《ぼうけんしゃ》ギルドに所属している白銀級以下の冒険者がこの報復依頼《いらい》に参加することはほとんどないらしい。

参加しなければ代替《だいたい》措置として、金貨を支払うことになるのだが、これに関してはなんとカッファの街の支部から貸付という形で支払われるのだと言う。

理由はロレンが気にしていたのと同じ理由で、今回の依頼に参加するにはカッファの街はあまりにも遠すぎる、ということであった。

無理に冒険者達を参加させてみても、カッファの街の冒険者ギルド支部にとってはいいことが何一つなく、それならば金を貸してでも依頼に参加しないという選択をさせた方が冒険者にとってもギルドにとってもいい、という考えであるらしい。

それを踏まえた上で、アイヴィはロレン達にはこの依頼に参加してほしいと考えているのだと告げてきた。

「一つは申し訳ないのですが、支部の体面といった意味合いがあります」

白銀級以下の冒険者と一口にいっても、その実力は差が大きい。

きっと活躍《かつやく》してくれるだろうと期待できる者もあれば、いけば確実に死ぬだろうとしか思えないような冒険者もいるのだ。

そういった冒険者達を区別もなく適当に送り込めば、カッファの街の冒険者ギルド支部の評判を落とすかもしれず、支部側である程度参加して欲《ほ》しい冒険者というのを絞《しぼ》り込み、その中にロレン達が入っていたらしい。

ラピスはそんな支部の考え方に不満を抱いたようだったのだが、ロレンは特に思うこともなくアイヴィに先を続けるように促《うなが》した。

上の都合で望まない戦いに送り込まれるというのは、傭兵《ようへい》としては珍《めずら》しいことでもなんでもなく、少しばかりそこから離《はな》れていたとしてもロレンにとってはつい先ごろまでは日《にち》常茶飯事《じょうさはんじ》であったので、傭兵として物を考えるのであれば、ラピスのように不満を抱くこともない。

「あくまでも私の勘なのですが、何かしら今回の王国の暴挙には嫌《いや》な予感がするのです」

「その嫌な予感とやらに正面から突っ込めってのか」

あくまで迷惑《めいわく》そうに顔を歪めるロレンなのであるが、言い出したアイヴィは至極真面目《しごくまじめ》な表情でロレンの顔を見つめている。

「あなたに無関係というわけではないんですよロレンさん」

「そいつはまた、嫌な言われ方をしたもんだが」

「一つは邪神《じゃしん》関連です」

苦笑《くしょう》しながらのロレンの言葉に構わずにアイヴィが口にした言葉は、ロレン達《たち》一同の間にわずかにではあったが緊張を走らせた。

特にグーラなどはアイヴィの顔を、一体何を言い出すのかとばかりに凝視《ぎょうし》していたのだが、アイヴィはそんなグーラにも構わずにロレンだけを見て話を続ける。

「それも一柱だけじゃないんです。おそらく二柱が関《かか》わっているかと」

「なんでそんなことが分かりやがる？」

顔に浮かんでいた笑《え》みを引っ込めて、アイヴィと同じく真剣な顔でロレンが問いただせば、アイヴィではなくグーラが答えた。

「同じ邪神の誼《よしみ》、ってわけやなくてなぁ。嫉妬の邪神ってのは常に嫉妬する対象を探しとるもんで、性質的に優《すぐ》れた存在の所在ってのに鼻が利くんよな」

「どの邪神が、というところまでは分からないんですけれども、普《ふ》通《つう》に考えれば残りの二柱が妥当《だとう》でしょう」

「憤怒《ふんぬ》と傲慢《ごうまん》かぁ……面倒なんが残っとるよなぁ」

グーラのぼやきにはアイヴィも同感であったようで、真剣な面持《おもも》ちにどこか沈痛《ちんつう》な雰囲気が交じり始める。

グーラやアイヴィはどうやらその二柱の邪神のことを覚えているようであるのだが、ロレンやラピスにとっては知らない情報であり、アイヴィに説明を求めた。

「私という例がありますので、今でもそうかは分からないのですが」

アイヴィは邪神であり続けることをよしとせず、自らを材料に体を作り直し、その力を弱めた邪神である。

とある遺跡に設置されていた装置がそれを可能としていたのだが、それに似た機能を持つ遺跡が大陸のどこかにあるかもしれず、あってもおかしくはないとアイヴィは思っている。

だからこそ、相当昔にアイヴィ達邪神が封印《ふういん》の眠《ねむ》りに就《つ》く前の情報については、現在でも通用するかどうかは分からない。

そう前置きしてからアイヴィは憤怒と傲慢の邪神についての情報をロレンへと話す。

憤怒の邪神の名前はレイス＝サターニア。

金髪でキツイ顔立ちの幼い少女であるらしい。

普段《ふだん》はそうでもないのだが一旦《いったん》怒りに火がつくと、まるで手がつけられない存在へと変《へん》貌《ぼう》する厄介《やっかい》な相手だとアイヴィは言う。

「単純に単体が所持する攻撃力《こうげきりょく》で比《ひ》較《かく》するなら、邪神中最大でしょう」

続いて傲慢の邪神について説明しようとしたアイヴィだったのだが、何か一瞬《いっしゅん》考え込むような素振《そぶ》りを見せてから、何故《なぜ》だかロレンではなくグーラの方を見る。

「傲慢って、どんな邪神でした？」

「あ？　あぁ……そっか、うちら傲慢の顔、知らんわ」

どういうことなのかと理由を聞いてみれば、傲慢の邪神とは他の邪神達と顔を合わせることを嫌がり、自分より格下であると考えている相手には素顔《すがお》を晒《さら》すことなく、顔も体つきも布で包んで分からないようにしていたいというのだ。

「男なんは間違いない」

「名前は……確か、スペルビア＝ハイプライドでしたか」

「面倒そうな話になってきやがった」

かたや、一旦怒り出せば手がつけられなくなる推定幼女の邪神。

もう一方は仲間であったはずの邪神達すら見下し、その姿を晒すことがなかった推定男性らしい邪神である。

お近づきになりたいとは全く思わないロレンであった。

「邪神絡《がら》みの話となれば、白銀級冒険者《ぼうけんしゃ》にお願いしても、無事に帰ってこられるかどうか分からないというのが私の考えです。その点、ロレンさん達は既《すで》に私を含めて五柱の邪神と出会い、生還《せいかん》しています」

実績を買われたのだとしても、まるで嬉《うれ》しくない話ではあるのだが、アイヴィの言うことも納得できなくはないロレンである。

アイヴィがなんとなく感じている邪神の介入《かいにゅう》というものが、どのような形でどこから影《えい》響《きょう》しているのかは現時点では分からないものの、ラピスという魔《ま》族《ぞく》とグーラという邪神が傍《かたわ》らにいる以上はどうにか手も足も出ない、という状況にはなりにくいだろうとロレンは考えた。

「黄金級辺りに話をつけて、一時的に白銀級として動いてもらうというわけにはいかないのですか？」

そんな抜《ぬ》け道《みち》のような提案をしてきたのはラピスであった。

冒険者ギルドが大陸にある各国との間に結んでいる協定は、黄金級以上の冒険者を戦争に参加させないこと、というものであるのだが、一時的に黄金級の冒険者に降格してもらい、白銀級として参加させることはできないのか、という提案である。

「無理ですね。黄金級から冒険者の数はぐっと減るんです。大体顔が割れているので、すぐにどういう意図で降格したのか、ばれてしまいます」

顔が売れると行動に制限がつくということのいい例だなとロレンは思う。

もっとも、現在それにより不利益を被《こうむ》っているのは自分達であるので、笑えない事態でもあった。

「つまるとこは、冒険者ギルドの懐《ふところ》使って、傭兵の真似事《まねごと》をしてこいってのが今回の依頼ってことになるわけだ」

言われなければ知ることもなかったであろう情報である。

それをわざわざロレン達に開示したのは、アイヴィの誠意なのだろうとロレンは考えた。

「面倒そうじゃあるが、断れそうにもねぇ話だ。俺《おれ》は構わねぇと思うが？」

意見を求めるようにロレンがそう言いながらラピスやグーラの顔を見れば、ラピスはそっと目を伏《ふ》せて特に反応を示すこともなく、グーラは仕方ないとばかりに肩《かた》をすくめつつ首を振って見せた。

どちらからも異論が出ないのを確認《かくにん》してから、ロレンは視線をアイヴィへと向け直す。

「受けても構わねぇが……条件がある」

「なんでしょう？　かなり無理なことでも今回は呑《の》む気ですが」

ぐっと身構えるアイヴィであるのだが、ロレンは軽い感じで顔の前で手を振った。

「別にそんな無理なことを頼《たの》もうってんじゃねぇよ。白銀級の冒険者にリッツってのがいるだろ。あいつのパーティは不参加にしてやってくれ」

何を言われるのかと思いきや、予想していなかった願い事を言われてアイヴィが少し目を見開いたまま、ロレンの意図を探《さぐ》るかのようにじっと見つめる。

「あのパーティのチャックとニムは結婚《けっこん》したばっかだろ。そういう奴《やつ》が戦場に行くと、不思議と帰ってこねぇことが多いんだ。面倒そうな話だから俺らも手を貸すような余裕《よゆう》はねぇだろうし、あいつらに死なれると、寝覚《ねざ》めが悪ぃ」

傭兵の中で言われるジンクスのようなものではあったのだが、不思議とその確率は本当に高かったりするので侮《あなど》れないとロレンは考えている。

おそらくは、結婚したという事実が浮かれる原因となって注意が散漫《さんまん》になっていたりすることが原因なのだろうとは思っているのだが、短絡的《たんらくてき》に繋《つな》ぎ合わせれば結婚したばかりの者が戦場へ行くと死ぬ確率が高いというのは事実なのだ。

「もしあいつらが参加する気で、選ばれないってことにごねたりしたら、ある程度握《にぎ》らせて諦《あきら》めさせて欲しいんだが、やってくれるか？」

「分かりました。こちらからは参加を要請《ようせい》しませんし、もし申請《しんせい》されても色々理由をつけてお断りすることをお約束しましょう」

「私からも一ついいですか？」

ロレンが頼み事を言い終え、アイヴィがそれを了承《りょうしょう》したタイミングを見計らってラピスがひょいと手を挙げた。

ロレンからの頼み事が比較的《ひかくてき》大人しいものであったということに、ほっとしていたアイヴィだったのだがラピスからの追加の話に、また表情を固くしつつ身構える。

「そんな警戒しなくとも……私からもお願いというのも、非常に可愛《かわい》らしい程度のものでしかないですよ」

そんなはずはないだろうと警戒を解かないアイヴィに対して、ラピスはそうすればアイヴィが安心するとでも思ったのか、笑顔《えがお》と共にウィンクなどしてみせたのだが、それはさらにアイヴィに警戒感を抱かせるような結果に終わったのであった。

第二章　発車から邂逅する

「可愛らしい願い事って言ったら可愛らしい願い事に決まっているじゃないですか」

憤慨《ふんがい》しているラピスが鞭《むち》を振るうと、尻《しり》を叩かれた馬が不満げに低くいななく。

鬱憤《うっぷん》晴らしをしているわけではないのだろうが、どうも強めに尻を叩かれているように見える馬にいくらかの同情を覚えつつ、ロレンは御者台《ぎょしゃだい》で小さく溜息《ためいき》を吐《つ》いた。

「ひどいと思いませんかロレンさん。私があんな風に疑われるようなことをいつしたというのです？　品行方正な神官としてふるまっているはずだというのに、あんまりだと思いませんか？」

ぷりぷりと怒《おこ》っているラピスには多少悪い気がしないでもないのだが、ロレンはラピスが願い事をしたときのアイヴィの反応に妥当性《だとうせい》を見出《みいだ》していたりする。

そもそもがラピスの正体を知っているのであれば、可愛らしいお願い事などと言われてそれを鵜呑《うの》みにできるわけがないのだ。

もちろん、ロレン自身は仮にラピスにそのような願い事をされれば、多少の諦めを覚え

ながらもアイヴィほどには警戒しないだろうとは思っているのだが、それはロレンだから
なのであって同じことを他の誰《だれ》かに期待するのは暴力に近いだろうと思っている。

ラピスがアイヴィに願ったことというのは、単独行動を行うということであった。

本来、冒険者ギルドからの依頼ということになっている今回の件においては参加者はギルドの管理下で動かなければならない。

雇《やと》い主《ぬし》が冒険者ギルドなのであるから当然ともいえる話なのだが、ラピスはそこを曲げて自分達だけで行動する権利を要求したのである。

アイヴィがそれを呑むかどうかについてはロレンの見立てでは半々くらいの確率であったのだが、アイヴィは意外とあっさり、ラピスの言い分を認めてくれた。

警戒していた割にはたいしたことではないから、とでも思ったのかそれとも他になんらかの思惑《おもわく》があるのかは分からないが、アイヴィはラピスが求めるがままに移動の手段としての馬車までしっかり用意してくれて、目的地にいる冒険者ギルドの担当者に連絡《れんらく》をつけてくれるのであれば途中《とちゅう》経過は問わないと確約してくれたのだ。

「うちらだけ別ルートで移動するんに、なんか意味とかあるんかいな?」

馬車の中から首を出して、尋ねるグーラに対してラピスはなおぶちぶちと文句を口の中で呟《つぶや》いていたのだが、やがてそれを続けていても意味はないと考えたのか、軽く息を吐き

出してから肩越《かたご》しにグーラの方を見て答えた。

「当然です。意味のないことを要求するわけがないじゃないですか」

「ほうか？　でもほんなら乗り心地《ごこち》のよさそうなギルドの移動手段を断って、こないな安物の馬車で移動する理由ってなんなん？」

いちおう知らせておかなければ後で文句を言われるかもしれないと考えたのかアイヴィは本来冒険者ギルドが用意し、今回の依頼に関して移動手段として用いられる物をロレン達に見せていた。

それはかなり広い居住スペースを設けられた巨大な車であり、アイヴィの説明では魔力《まりょく》によって車輪を回して進むという代物《しろもの》だったのだ。

どこかの遺跡《いせき》から発掘《はっくつ》された魔術《まじゅつ》道具を解析《かいせき》し、今の技術で復刻したというその車はその進む速度も乗り心地も、既存《きそん》の馬車とは比較にならないほどだったのである。

量産できれば世界が変わりそうな代物ではあったのだが、アイヴィ曰く、一台作るだけでも途方《とほう》もない費用と、希少な材料が大量に必要になる上に、維持《いじ》するだけでもとんでもない金額を消費するという難物で、とてもではないが大陸中に行《い》き渡《わた》るほどの数を生産することができないらしい。

「それはまぁ、ちょっと惜《お》しいかなって気はしているんですけどね」

冒険者ギルドがその技術の粋《すい》を集めて作ったというその車にラピスは並々ならぬ興味を抱《いだ》いたのであるが、なぜか前言を撤回《てっかい》することなく、アイヴィが用意してくれた馬車にロレンやグーラを乗せて、カッファの街を後にしている。

知識の神の神官であり、好奇心《こうきしん》も旺盛《おうせい》なように見えるラピスが初めてみるその車に乗ろうと言い出さなかったのはロレンにとっては意外であったのだが、そこまで頑《かたく》なに他の参加者達と別ルートを通ることを主張したということは、何かしら原因があるのだろうと考えていた。

「手身近に言うなら、かかる時間を短縮するため、ということですね」

「短縮ってあの車、すっごい速いんやろ？」

「まぁ馬並の速度で馬より長く走れるようですが……」

動かすための費用が嵩《かさ》んだとしても、車は道具であり生き物ではない。

馬を働かせたのならば、必要となる休息時間がこの冒険者ギルドが用意した車には全く必要ではないのである。

もっとも、動かし続けていると熱やら何やらが溜《た》まるようで、全く休みなく動き続けるということはできないらしいのだが、それにしたところで馬よりは長く稼動《かどう》できるという話であった。

少しばかり未練を感じるのか、悔《くや》しそうな顔になるラピスだったのだが、自分の言い分を曲げる気はないらしい。

「それより早く移動できる手段があるのですから、それを使わない手はないですよね」

「そないな手ぇなんてあったっけ？」

首を傾《かし》げたグーラであったのだが、ロレンはすぐにラピスが何を言い出そうとしているのかを察する。

「ありますよ。他の方々はどうしても大陸中央部を大きく迂回《うかい》してしか北部の国へ行くことができません。ですが私達は目的地までを最短距離《きより》で移動することが可能です」

「ん？　あー……魔族領を突《つ》っ切《き》る気なんやね」

最短距離の一言でグーラもラピスが何を考えているのかを理解する。

普通に考えるならば魔族の領域を突っ切って大陸北部へ到達《とうたつ》しようなどということを考えることはできない。

魔族達は自らの領域の端っこをおっかなびっくり移動するくらいならば、無理にそれを追いかけて処理しようなどとは考えたりしない存在ではあるのだが、無遠慮《ぶえんりよ》にその領域を侵《おか》そうとする者があるならば、これを容赦《ようしや》してくれるほどの慈悲《じひ》深《ぶか》い存在でもなかった。

しかしながらロレン達にはラピスがついている。

魔族の中に何人かいるらしい魔王《まおう》の、その中の一人の娘《むすめ》であるラピスが同行してくれている状態ならば、魔族達がロレン達の妨害《ぼうがい》や処理に出向いてきたとしても、話し合いなり何なりで衝突《しょうとつ》を回避《かいひ》することができるはずであった。

「でもそないに時間変わるやろか？」

冒険者ギルドが用意した足を断ってまで、最短距離を進んだとしてもそれほど到着時間に差が出ないのではないかと思うグーラだったのだが、そんなグーラにラピスはにやりと笑ってみせた。

「変わるからこちらを選んだのに決まっているじゃないですか」

「まぁせやろなぁ」

アイヴィが用意してくれた馬車は比較的乗り心地のいいものではあったのだが、それでも馬車の域を出るようなものではない。

目新しく乗り心地のよさそうな乗り物を断った結果、現地に到着する時間がほとんど変わらないのであれば、どうにも馬鹿《ばか》な選択をしたものだという結果しか残らないが、ラピスがそのようなことをするわけもないかとグーラは考えた。

「今回は魔族領を囲んでいる山岳《さんがく》地帯までまっすぐに進みます。そこで乗《の》り換《か》えをするのですが、乗り換えてしまえば大陸中央部まではすぐに到着します」

「大陸中央部だと？　北部じゃねぇのか？」

ラピスの言葉の一部を聞《き》き咎《とが》めてロレンが尋ねれば、気付かれたかとばかりにラピスが小さく首をすくめた。

その仕草からロレンはどうやらラピスが乗り心地や所要時間といった要素だけから、今回の別行動という選択肢を選んだわけではなさそうだと考える。

「ラピス、隠《かく》し事はためにならねぇぞ」

「すみませんロレンさん、この件に関しましては私も口止めされているので、現時点においては御説明《ごせつめい》することができないんです」

申し訳なさそうなラピスの言動に、ロレンとグーラの表情がそろって引《ひ》き攣《つ》る。

ラピスにそのような行動の強制を行えそうな存在というのは、ロレン達が知る限りではそれほど多くは存在していない。

そしてそのいずれもが、あまり関わり合いになりたくないと思ってしまうような相手ばかりなのである。

「冗談《じょうだん》じゃねぇぞラピス。お前、俺達《おれたち》を売る気か⁉」

「いえ、そういうわけでは……って、いったい何を想像しているんですか⁉」

「どうせまたどっかのとんでもねぇ奴から、俺達を連れて来いとか命令されたんだろ⁉」

「黙秘《もくひ》します！　黙秘させてください！」

ぷいっとそっぽを向くラピスであったのだが、ロレンはその肩を掴《つか》むとどうにかして自分の方を向かせようと力を込める。

それに抵抗《ていこう》するラピスの耳に口を近づけてロレンは喚《わめ》いた。

「何が可愛らしい願い事だ！　やっぱりロクでもねぇ話が待ってんじゃねぇか！」

「そこはひとつ、可愛い彼女《かのじょ》からのお願い事ということで！」

「可愛いって言葉がかかってるのがお願い事じゃやなくなってるじゃねぇか！」

「可愛い彼女、ってとこは否定せぇへんのな」

御者台の上で取っ組み合いになりかけているロレンとラピスのせいで、手綱《たづな》があっちこっちに引っ張られ、それに従って真《ま》っ直《す》ぐ歩かなくなり始めた馬に曳《ひ》かれた馬車はよたよたと蛇行《だこう》を始めてしまう。

そんな揺《ゆ》れる馬車の窓から顔を出し、御者台のロレン達を見ていたグーラがぼそっと小さく呟いた。

「そこを否定したら戦争になるじゃねぇか」

「そこは否定できない真実じゃないですか」

似たような長さのフレーズで、まるで別々のことをそれぞれ口にしたロレンとラピスは、

取っ組み合いの姿勢のまま、一瞬動きを止めて沈黙《ちんもく》する。

手綱が引っ張られることの無くなった馬は、自力で軌道《きどう》を修正し、これまで進んでいた道を再び真っ直ぐに歩き始めたのであるが、それもすぐに不可能になりそうなくらいにラピスが手綱を引っ張りながら笑顔のままじりじりとロレンの体を押《お》し込み始めた。

「お？　おぉ!?」

「戦争にならなければ否定できるということですか？　ロレンさんの見解はそういうことだという理解でいいのですか？」

「誰もそんなことは言ってねぇ！」

「ではいまの一言にはどのような意味があったというんですか!?」

再開した取っ組み合いに、馬が迷惑そうに手綱に引かれるままに頭を振《ふ》る。

本来ならばその動きに応じてその歩みも左右に揺れてしまうものであるのだが、先ほどの経験から歩き方を修正することを覚えたのか、馬の歩みは不思議と真っ直ぐなものから変わりがなく、馬車が揺れるようなことがなくなっていた。

「こらラピス！　暴れんじゃねぇ！　手綱があっち行ったりこっち行ったりしてるじゃねぇか！　馬車がどっか行っちまうぞ！」

「この馬はギルドから借りてきた優秀《ゆうしゅう》な馬だから大丈夫《だいじょうぶ》です！　なんせ、乗り手がいなくなれば勝手にカッファの街のギルド厩舎《きゅうしゃ》まで一人で戻《もど》れる賢《かしこ》い子なんですから！」

「なんだその不気味な馬車は……」

空荷状態になれば、馬が勝手にカッファの街へと戻ってくれるというのだ。

非常に優秀な馬ではあるのだろうが、御者《ぎょしゃ》もなく客も乗っていない状態で走り続ける馬車の姿は傍《はた》から見ればロレンが言うように不気味以外の何物でもない。

「とにかく今日中に山岳地帯の端っこにでも到着できれば、そこでこの子を離して別便に乗り換えというわけです！」

「結構ぎりぎりな行程じゃねぇか。つうか裏がある話に、説明もねぇまま乗れるか！　こいつが自力で街に戻れるってんなら……」

「残念ながら、この子は馬車が空にならない限りは街に戻ろうとはしないんです」

どうだとばかりにラピスが勝《か》ち誇《ほこ》った顔をすれば、ロレンが悔しげに歯噛《はが》みする。

そんな二人のやりとりを眺《なが》めていたグーラは、どうやら状況が定まるか、変化するまでにはもう少し時間がかかりそうだと考えると、顔を出していた窓から馬車の中へと戻ると、一人で専有しているその空間の中で、一眠《ひとねむ》りでも決め込もうかと目を閉じるのであった。

そんなやりとりをしながらも、馬車は一路真っ直ぐに山岳地帯を目指す。

魔族と他の種族との生存圏《せいぞんけん》を隔《へだ》てているその山々が連なっている地帯へロレン達はなんとかぎりぎり、日が落ちる寸前といった時間帯に到着することができた。

もっとも馬車を走らせていた道は山岳地帯の端っこまで続いているわけではなく、最寄《もより》の地点でロレン達は馬車を下り、馬を軽く押してカッファの街へと帰るように促してやってから、自分の足でもって移動しなければならなかったのだが、それでもなんとか到着したロレンはそこでロレン達を待っていた存在を見上げている。

「まさかあんたが待っているとはなぁ。大騒《おおさわ》ぎになるんじゃやねぇか？」

そんな言葉をロレンが投げかけた相手は、ロレンが見上げるほどの巨体《きょたい》だというのに、なぜだかちょこんと座《すわ》っているという形容が似合う雰囲気《ふんいき》と姿勢でもってロレン達を待ち構えていたのだ。

「姿や気配を消すことなど造作もないこと。無駄《むだ》に騒《さわ》ぎを作る気などない」

答えたのは巨大《きょだい》なドラゴンであった。

ドラゴンの顔の造形に関して、違《ちが》いが分かるほどたくさんのドラゴンを見てきたわけではないロレンなのだが、そこに座っているドラゴンについては以前に出会ったこともあり、しかもなんとなく知っているような雰囲気を醸《かも》し出《だ》していたので、ロレンは迷うことなくそのドラゴンの名前を口にする。

「エメリー、なんでお前がここにいるってんだ？」

それは以前、ロレン達が魔族領に入り込んだ時に顔を会わせたエンシェントドラゴンだったのである。

ドラゴンの方でもロレン達がそこに来たことは驚きであったのか、一度は大きく目を見張ったりもしたのだが、すぐになにかしらの合点《がてん》がいったのか、平常通りの雰囲気と表情へと戻った。

「久しいな。人族よ」

「まったくだ。こんなとこで再会するとは思ってもみなかったぜ」

エメリーは魔族領側に住処《すみか》をこしらえているエンシェントドラゴンである。

山を飛び越《とこ》えて空を飛んでいる姿は、もしかすれば何度か目撃《もくげき》されているのかもしれないが、さすがに山を飛び越えて山岳地帯の外に出てくるようなことがあるとは、ロレンは思ってはいなかった。

「って、もしかしてなんだが……大陸中央部まですぐに着くってのは……」

「不本意ではあるが、私が連れて行く」

「乗せてくれるってのか？」

「他に方法がないだろう？」

エメリーがロレンへと告げた言葉は、ロレンにとっては衝撃的《しょうげきてき》であった。

以前に出会ったときには、エメリーはロレン達を背中に乗せようとはせず、運んで欲しければ見ないふりをしてやるので足に掴まれ、というような形でしか運んでくれなかったのである。

それが今回はいともあっさりと簡単に、背中に乗せてくれるというのだから、別れてから再会するまでの間にどのような心変わりがあったのか、非常に気になるところであった。

「ロレンさん、何を期待しているのか分からないですが。エメリーさんは単に、以前壊《こわ》したアレのせいで背負った借金の一部を免責《めんせき》してもらう代わりに仕事を依頼されているだけですからね？」

もしやエメリーの人族に対する考え方が変わるような出来事でもあったのだろうかと考えたロレンだったのだが、そんなロレンの考えを打《う》ち砕《くだ》いたのはラピスの淡々《たんたん》としたツッコミであった。

言われてロレンがエメリーを見上げれば、何故《なぜ》かエメリーはロレンの視線を避《さ》けるかのようにひょいとそっぽを向いてしまう。

「エンシェントドラゴンが使いっ走り……」

「仕方あるまい。実際、壊したのは事実なのだからな。負債《ふさい》の一部を帳消しにしてくれる、と言われれば、多少のことには目を瞑《つぶ》ろう」

そう語ったエメリーはふと思い出したかのようにロレンへと顔を近づける。

エメリーの顔が真正面から自分を覗《のぞ》き込む、という光景には流石《さすが》にロレンも胆《きも》を冷やしたのだが、構わずにエメリーはさも不思議そうにロレンに問いかけた。

「そういえばお前も一部負担させられていたはずではなかったか？」

「そりゃまぁ……そうだな」

エメリーの負債が誰に対するものなのかといえば、実はロレンと同じものであったりする。

ちょっとした行き違いのようなものの結果として発生した代物であったのだが、詳しい金額についてはきちんとは聞いていないものの、到底《とうてい》一人では支払《しはら》いきれないような金額である、とは聞かされているロレンであった。

「大変ではないのか？　督促《とくそく》の手は厳しいだろう。私のようにある程度蓄財《ちくざい》があるならばまだしも、駆《か》け出しの冒険者ではそうそう現金の手配もできないだろうに」

「督促されたことねぇからなぁ」

ロレンが背負っている負債は、現在までのところ一度として督促が来たことはない。

払《はら》えと言われても支払えるような金額ではないが、エメリーが言うような厳しい取り立てというものは今のところ経験していないロレンである。

そのことをそのままエメリーへとロレンが言うと、エメリーは信じられないといった雰囲気でロレンを覗き込んでいた頭を左右に振った。

「うちの巣にはひっきりなしに、大魔王からの使者が来るというのに、お前のところにはまるでそういったものが来ていないというのか」

「まぁ来られても困るがなぁ」

エメリーの巣に、いったい何が訪《おとず》れているのかは分からないが、大魔王の使者ならばそれなりに強力な存在であるはずで、ロレンとしてはそんな存在らに宿の自室へと押しかけて来られても非常に困ってしまう。

一方のエメリーはロレンのところに取り立てが行っていないという事実に憤慨し、口から細く煙《けむり》など吐き出しながらぶつぶつと文句を言い続けている。

その気持ちも分からなくもないとロレンが思っていると、このままでは話が前に進まないとでも思ったのか、ラピスが一歩前へと出ながら声を張り上げた。

「ロレンさんの場合は私が監視役《かんしやく》を仰《おお》せつかっているような状態だからこそ、誰も来ないんですよ。貴方《あなた》の場合、取り立ては来ても監視役はついていないはずでは？」

「それは……確かにそうだが」

「貴方の巣の中に、監視役を置いてもいいというならば、督促はしないようにかけあうことはできますが、やりますか？」

「私の巣に大魔王の手先を常駐《じょうちゅう》させろと？　冗談ではない」

「では、諦めてください」

話をそこで終わらせるように、淡々とだがきっぱりとそう言い放ったラピスだったが、内心では話の誘導《ゆうどう》が上手《うま》くいったことに、ほくそ笑んでいた。

実際にエメリーとロレンとを比較した場合に、最大の差はエメリーは借金をいくらかずつでも返済しているらしいのに対して、ロレンは全くこれを返済していない、というところである。

これに督促の有無《うむ》はあまり関係ないのだが、エメリーはロレンのところへは督促がないだけで、返済自体はしているのだろう、と考えているようであった。

ここを深く掘《ほ》り下《さ》げられないうちに、話の流れを別の方向へと向けさせるためにラピスは敢《あ》えて自分がロレンの監視役なのだと名乗り出たのだ。

もちろん、そんな役割はラピスにはない。

誤解されるというのも面白《おもしろ》くはないので、あとでロレンに対して説明が必要だろうかと考えるラピスだったのだが、ちらりとラピスがロレンの表情を窺《うかが》えば、ロレンはさして驚《おどろ》いた様子もなく、エメリーの動きに注意を払っていた。

「ここで愚痴《ぐち》っていても、仕方ないのだろうな。あまり奴を待たせると、減らす借金の金額を目減りさせるなどと言い出しかねないから、すぐに同行してもらうぞ」

考えを切《か》り替えるようにエメリーはそう言うと、翼《つばさ》を垂らし、姿勢を低くしてロレン達《たち》が自分の背中によじ登れるような形になる。

「なぁラピス。俺はあんまり歴史ってのに詳《くわ》しくねぇんだが……」

「エンシェントドラゴンの背中に乗った人族の記述があるかどうか、ということでしたら、私が知る限りでは、古代王国期の古文書にいくつか記載《きさい》があるくらいですね」

ラピスの言葉が正しいのだとすれば、それはほとんど伝説の中でのお話というレベルのことで、そんなお伽噺《とぎばなし》のような体験をこれからするのだと思うとロレンは少しばかり緊張《きんちよう》してしまっている自分に気がついた。

相手が相手だけに、緊張するのも仕方ないのだろうと考えながらロレンはエメリーが上り易《やす》いようにと垂らしてくれている翼を足場にし、エメリーの背中へとよじ登る。

その後を追ってエメリーの背中へとよじ登ったラピスは、エメリーの背中で胡坐《あぐら》をかいたロレンの足の間に腰《こし》を下ろすとロレンの胸板《むないた》を背もたれにして体を預けるようにして座ってしまう。

密着のし過ぎだろうと文句を言いかけたロレンだったのだが、さらにその後に続いて登ってきたグーラがロレンの背後へと回ると、背中にぴったりと張り付くような形で首に手を回してきたのを見て、慌《あわ》ててその手を押さえる。

「あ、こらロレン。うちが掴まるとこなくなるやんか？」

「首は止めろ首は。せめて肩とかにしやがれ」

これが非力な相手ならば、首にしがみつかれることにロレンも抵抗を覚えなかったかもしれない。

しかしながらグーラは下手をすると腕力《わんりょく》だけでロレンを縊《くび》り殺すことができるかもしれないだけの力を持っているはずで、何かの拍子《ひょうし》にそんなことにならないとも限らない以上、ロレンとしては大人しく首を明《あ》け渡すわけにはいかなかった。

「そんな無理に固まらずとも、落とさないように注意して飛ぶのだが……」

「そちらの心配はしていないですが、この位置取りは必要なものなんです」

「そういうものか？　理解できないが、それでいいのならば出発するぞ」

答えを聞く気は最初からなかったのか、エメリーがその巨体には似合わない軽い挙動で地面を蹴《け》る。

それだけのことで、ふわりと地面を離《はな》れたエメリーが何度か羽ばたいてみせればその体はあっという間に宙へと舞《ま》い上《あ》がり、下を見れば足がすくんでしまうような高度まで飛び上がってしまう。

「全然加速を感じませんでした。ドラゴンっていうのは凄《すご》いんですね」

ロレンの体に背中を預けた姿勢のままで、ラピスが感心したように言う。

言われてみればとロレンはエメリーが飛んだ瞬間《しゅんかん》のことを思い出す。

乗り物が走り出すときには必ず一旦《いったん》は座席の背もたれに押し付《つ》けられるような衝撃《しょうげき》を感じるものであるのだが、エメリーはそういったものを何も感じさせることなく、とんでもない高さまで飛び上がっていたのである。

「これから先、私と同じエンシェントドラゴンの背に乗ることがあるとは到底思えないが、覚えておくといい。ドラゴンが一度背中に乗せると決めた相手に負担を強《し》いるような飛び方をすることはない」

「乗りてぇとも思わねぇけどな」

即座《そくざ》にそう返したロレンの言葉にエメリーは首だけ振り返《かえ》り、ロレンを睨《にら》みつけた。

ドラゴンの背中に乗れるということが、どれだけ光栄なことなのかということを理解していないロレンへ、小言の一つも言ってやろうかというエメリーに対して、その口が開く前にラピスがロレンに続く。

「私も乗りたくて乗っているわけではないのです」

「うちもドラゴンの背中とか御免被《ごめんこうむ》りたいわぁ」

背中に乗せた三人全員から、駄目《だめ》出《だ》しのようなものをされたせいなのかエメリーは少しばかりしょげた雰囲気を醸し出し始める。

そんなエメリーの姿に少しばかり悪いことを言ってしまっただろうかと思うロレンなのであるが、実際エメリーの背中はそれほど乗り心地がいいわけではなかった。

せめて鞍《くら》でもあれば違うのだろうとロレンは考えるのだが、まさかドラゴンが背中に鞍などつけさせてくれるわけもない。

「乗り心地の悪いドラゴンの背中で申し訳ないが、しばらく我慢《がまん》してくれ」

「あ、拗《す》ねてしまいました？」

さらに追《お》い討《う》ちをかけようとするラピスを背後から両腕《りょううで》で抱き締《し》めるような形で軽く締め上げるとラピスは小さく悲鳴のような声を上げて言葉を失う。

その体からくたりと力が抜け、大人しくなったラピスの体を支えながら、その向こう側にあるエメリーの後頭部に向けて声をかけた。

「悪ぃな。ちとはしゃぎすぎた」

「別にいい。それよりさっさと仕事を済ませてしまおう」

気を取り直したのか気にしないことにしたのか、拗ねるというよりはぶっきらぼうな声でそう答えたエメリーはその進路を一路、大陸中央部へと向けると羽を羽ばたかせながら少しばかり飛ぶ速度を上げたのであった。


そんな流れでエンシェントドラゴンであるエメリーの背中に乗り、一路魔族領を目指したロレン達であったのだが、空の旅というものはそれほど楽しめる代物ではなかった。

乗り心地が悪すぎたというわけではない。

むしろそれに関しては本当にエメリーがロレン達に気を遣《つか》ってくれたらしく、思っていたほどには酷《ひど》くはなかった。

では何が問題かといえば、飛ぶ速度とそれに関係する時間の方である。

とにかくエメリーの飛行速度は速かったのだ。

上空からの景色を楽しむ、などという悠長《ゆうちょう》なことを言っている暇《ひま》など欠片《かけら》もない。

かろうじて遠くの景色であればなんとか見ることはできたものの、近くや眼下の景色は文字通り飛ぶように過ぎ去っていってしまうために、ロレンは早々に見ることを諦めてぼ

んやりと進行方向だけを見つめることにしていた。

時間の方については、飛ぶ速度がそれだけ速かったせいで所要時間が非常に短かったのである。

総じて、ロレンからしてみればなんだかよく分からないうちに目的地の近くまで運ばれたという思いが強く、人の身で空を飛んだとか、エンシェントドラゴンの背中に乗って運ばれたなどという感傷のようなものは非常に薄《うす》いままであった。

「見えるか？　あれが大魔王城だ」

ふと、飛ぶ速度が緩《ゆる》んでいることに気がついたロレン達へエメリーが声をかけてきた。

ぼんやりと前方を見つめるだけであったロレンはその声に視線を前方から少しばかり周囲へと向けてみる。

何らかの意図をもってエメリーが飛行速度を落としたせいで、いくらかではあるのだが周囲の光景を確認するだけの余裕が生まれていた。

それでもやはり流れるように過ぎ去って行ってしまってはいるのだが、どうにか視認《しにん》できる程度の光景に視線を巡《めぐ》らせていると、ロレンはエメリーが自分の注意を引き、見せたかったらしき建築物を見つける。

それは巨大な湖であった。

時間帯としては既《すで》に夜である。

真っ暗な中にぼんやりと見えるその湖の中央には浮島《うきしま》のようなものが存在しており、山なのではないかと見間違《みまちが》うほどに巨大な建築物がそこに建てられていた。

あちこちに、おそらくは篝火《かがりび》や魔術の明かりなのであろう光が灯《とも》されており、ぼんやりとではあるのだが闇《やみ》の中に浮《う》かび上がるような姿を目にしたロレンは、そこから漂《ただよ》い出ている気配のようなものに、思わず背中に冷たいものが走るのを感じてしまう。

「あれがそうなんか？」

その冷たいものが走った辺りに体を押し付けるようにして、ロレンの背中にしがみついているグーラがロレンの耳元で声を出した。

あまりに耳に近い場所で声を上げられたので、思わず体を震《ふる》わせたロレンの腕《うで》の中ではぐったりとしていたラピスがその振動《しんどう》で我に返ったのか、ロレンの胸に預けていた頭を起こすとまるで寝起《ねお》きのように辺りをきょろきょろと見回し始める。

「え、えぇっと……あ、あれですね。あれが目的地の大魔王城になります」

大陸中央部に向かうという話と、エメリーとの会話からして今回自分を連れてこいとラピスに指示をしたのは大魔王と呼ばれる存在であることは、察しているロレンではある。

しかし改めてあそこがその大魔王の居城であるという説明を受けると、今からそこに行かなければならないのだという思いが気分を重くするのを止めることはできなかった。

帰りたいと思いはするものの、今更踵《いまさらきびす》を返すわけにもいかない。

何らかの方法でエメリーから下りることができたとしても、そこは魔族《まぞく》領のど真ん中という位置であり、到底自分の足で人族の国まで帰り着くことができるとは思えなかった。

「そんなに緊張されなくても大丈夫ですよ、ロレンさん」

そんなロレンの心中を、体を触《ふ》れさせていることで察したのかラピスが腕の中からロレンを見上げつつ安心させるかのような口調で語りかける。

「今回に関しては大魔王陛下直々の招集です。自分で招いた客に危害を加えるほど、陛下は頭のおかしな人ではありませんから」

そうは言われても相手が相手だけに、全く心の休まらないロレンである。

少しでも機嫌《きげん》を損《そこ》ねてしまえば、簡単に命に関《かか》わるような相手であり、できるならば会いたくないと考えるロレンなのだが、そんなロレンの思いとは全く無関係に、エメリーは城の上空に差《さ》し掛《か》かると螺旋《らせん》を描《えが》くような軌道をとりながら、ゆっくりと城に向かって降下を始めた。

「さて、どこに下りたものか」

「正門前では駄目《だめ》なんですか？」

「それでは面白みがない」

ラピスの言葉にロレン達の方を見ながら口《くち》の端《は》を歪《ゆが》めてみせるエメリーなのだが、ロレンからしてみればこれから大魔王城へと行くというのに、その行為《こうい》に面白みを見出したいとは全く思わない。

しかし、着陸場所に関してはエメリーの判断に委《ゆだ》ねるしか手はなく、できる限り穏便《おんびん》な着陸になりますようにと祈《いの》ることしかできなかった。

「よし、あそこにしようか」

しばらく城の周囲を飛び、物色していたエメリーはやがてどうやら着陸場所を決めたらしく、飛行する軌道を修正して大魔王城へと向かう。

ロレンにはエメリーがどこに下りるつもりになったのか、今一つ分からなかったのであるが、ラピスとグーラにはすぐにそれが分かったらしく、ロレンの腕の中と背中とで二人が慌てだすのが分かった。

「ちょぃ待ちぃ！」

「そこはドラゴンが着陸するような場所じゃないと思うんですが⁉」

二人が慌てるような場所とはどこなのだろうかとロレンが目を凝《こ》らせば、なんとなくエメリーが向かおうとしている場所がぼんやりと見えた。

そこはロレンの目からするとバルコニーのように見える。

なぜかそこだけ明かりの類《たぐい》が用意されておらず、月の光からも城の影《かげ》に溶《と》け込むようになっていたのだが、エメリーの向かう向きや視線の方向からしてどうやらそこで間違《まちが》いないようだとロレンは考えた。

「下りられんのかよ」

エメリーは巨体である。

エンシェントドラゴンの名にふさわしいほどに巨大なその体が、いくら巨大な城とはいってもバルコニーの一つに下りることができるのか心配になるロレンだったのだが、ラピスやグーラはもっと別なことを心配していた。

「られるられないよりも、不審者扱《ふしんしゃあつか》いで兵士が飛んで来るんやないかな⁉」

「それも心配ですが、バルコニー壊したら借金が増えるっていうの理解されてますか⁉」

「細かいことを気にするな。そら、下りるぞ」

なんとか思いとどまらせようとしたラピスの言葉も空《むな》しく、エメリーは多少勢いを殺しはしたものの、結構な速度がついたまま大魔王城のバルコニーの一つへと突っ込む。

その衝撃から来る振動と、かなり大きな音が鳴《な》り響《ひび》くことを想像したロレンは、エメリーほどのエンシェントドラゴンが着地できるような広さのバルコニーなど、いったい何に使うつもりなんだろうかという場違《ばちが》いな考えに捉われている。

ロレンがそんなことを考えている間に、エメリーはその巨体からは想像できないくらいの身軽さで、目指したバルコニーの上にひらりと着陸してみせた。

その見事さは、背中にいるロレン達が衝撃らしい衝撃をまるで感じないほどのものであったのだが、何故か続けざまにエメリーはぶるりと背中を震わせると、そこに乗っていたロレン達をいきなり振り落としてしまう。

あまりに急なことで、踏《ふ》ん張《ば》ることもできずにエメリーの背中から投げ出されたロレン達は放物線を描きながら宙を舞った。

「壁《かべ》にぶつかる⁉」

「いや、もっと悪ぃぞ！」

投げ出された先にあるのは、城の壁ではなく巨大な窓であった。

高価なガラスのはめ込まれたそれはロレン達の体を受け止めるにはあまりにも脆《もろ》い。

激突《げきとつ》の衝撃もさることながら、砕けたガラスの破片《はへん》がいかに危険なものであるのかは言うまでもなく、下手をすればそれだけで命に関わる怪我《けが》を負いかねず、ロレンはとっさに腕の中にいるラピスと背中にしがみついたままのグーラを自分の腕の中へと抱きかかえると、背中から窓へと衝突するように自分の体を丸める。

しかし、ほんのわずかな浮遊《ふゆう》感の後に来るであろう衝撃がロレンの背中を襲《おそ》うことはなかった。

代わりに考えていたよりも少しばかり長い浮遊感の後、ロレンの体は激しい水音を立てて暖かなお湯の中に沈《しず》み込んだのである。

何か沼《ぬま》のようなものにはまったのかと思うロレンだったが、城の中に沼があるとは考えにくく、しかも底はそれほど深くない。

すぐさま底に足をつき、立ち上がったロレンの腕の中では着水したときに多少お湯を飲んでしまったのか、ラピスとグーラが激しく咳《せ》き込んでいた。

「大丈夫か?」

腕の中から二人を解放しつつロレンが尋《たず》ねれば、グーラの方は答えられないほどに咳き込んでしまっていたのだが、ラピスは軽く咳き込みながらずぶ濡《ぬ》れになってしまった神官服を無駄だとは知りつつ軽く絞《しぼ》ってからロレンに頷《うなず》きを返してきた。

どうやら大丈夫そうだと、まだ咳き込んでいるグーラの背中をさすりだしたラピスを見てからロレンは自分達が投げ出された場所を見る。

激突するのではないかと心配していた巨大な窓は、どういう理屈《りくつ》でなのか大きく開け放たれており、遠くの方を旋回《せんかい》しているエメリーの姿が見えた。

自分達を投げ出した後、エメリーはさっさと逃亡《とうぼう》に移ったらしい。

いくらなんでももっと穏便な配達方法があったのではないかと思いながらロレンは視線を窓から自分達が投げ出された空間へと向ける。

そこは明かりがついておらず、真っ暗なままの空間であった。

足元は浸《つ》かるには適温なのだろうと思われるくらいの温度の湯が張られており、結構な広さの水場を形成している。

深さはロレンの膝《ひざ》の辺りくらいまでで、湯は濁《にご》ってはおらず、透明《とうめい》で綺麗《きれい》なものだ。

「これ、風呂《ふろ》か？」

城の中にあって、大量の湯を溜《た》めておく施設《しせつ》といえば他に思い当たるものがない。

随分《ずいぶん》と金のかかる施設があるものだと感心するロレンであるが、自分達のいる場所が大魔王城なのだと考えれば、風呂場《ふろば》の一つや二つあってもおかしくはないのかと考え直す。

「しかし、これだけ具合のいい温度の湯が張られてるってことは……誰《だれ》か入った後なのか、これから誰か入るのか」

「入浴中って考えはなかったか？」

グーラはまだ呟き込んだままで、ラピスはそんなグーラの介抱《かいほう》中である。

答えが返ってくるとは考えていなかった呟《つぶや》きに、答えが返ってきた瞬間、ロレンは背中の大剣《たいけん》に手をかけ、声のした方を向きながら身構えた。

「エメリーめ。できるだけ急いで連れてこいとは言ったが、ここに放《ほう》り込むことはないだろうに。折角《せっかく》の癒《いや》しの時間が台無しではないか」

「誰だ？」

部屋に明かりはなく、声は部屋の奥《おく》の方から聞こえてくる。

外からの光が届いていないそこへロレンが目を凝らせば、ぼんやりとではあるがお湯に浸かっているらしい人影《ひとかげ》を見ることができた。

「誰だとはご挨拶《あいさつ》だな。もっともそちらの素性《すじょう》は分かっているから、名乗れなどと言うつもりもないのだがな」

「そいつは質問の答えになってねぇよ」

いつでも大剣を抜《ぬ》けるようにと準備するロレンに対峙《たいじ》して、声の主は全く身構える様子もなく、浸かっている湯の中から出ようとする素振《そぶ》りすらない。

武器を持った侵入者《しんにゅうしゃ》を前にして取るような態度ではないのだがと訝《いぶか》しがるロレンの手を背後から強く引く者があった。

「いけませんロレンさん！　控《ひか》えてください！」

顔を強張《こわば》らせて小さく、それでいて強い口調でそう言ったのはラピスであった。

その表情を見たロレンは即座に大剣から手を放すとその場に膝をついて頭を垂れる。

何故そのような行動をとったのかといえば、この場においてラピスがそんな顔を見せるような相手というものが一人しか思《おも》い浮かばなかったからであった。

「そんな畏《かしこ》まらなくてもいい。これは不可抗力《ふかこうりょく》なのだろうし、エメリーにすぐ俺《おれ》の前に連れてこいと言ったのも間違いではない。この暗がりで声をかけられれば警戒《けいかい》するのは当然だろうから武器に手をかけたことも責めるつもりはない」

暗闇《くらやみ》の中に小さな光の球が出現する。

おそらく魔術《まじゅつ》によって生じたのであろうその光に照らされたのは、若い男の顔であった。

真っ白な長い髪《かみ》を流れるままに流し、目の前にいるロレン達を見る濃紫《こむらさき》色の瞳《ひとみ》には興味と好奇《こうき》の感情が見《み》え隠れしている。

胸から下は湯に浸かっていて見ることはできないのだが、見えている部分と湯から透《す》けて見える感じから、相当な長身でその上鍛《きた》え上げられた体つきをしていることが見て取れる。

「場所が場所だけにあまり締まらないが、いちおう名乗っておくか。俺がお前達を呼びつけた本人。魔族の頂点にして魔王《まおう》の長たる大魔王だ。見知りおけ」

男はそう名乗ると掌《てのひら》で顔を拭《ぬぐ》いながらにやっとロレン達に笑いかけたのであった。

第三章　着替えから見守られる

「何はともあれ着替えであるな。まさか濡れねずみのまま、俺と話をしようなどとは思わないだろう？　俺もこのようななりであるしな」

体を隠《かく》す気などまるでないのか、大魔王は浸かっていた湯船から無造作に立ち上がる。

いろいろなものが丸見えになっており、ラピスの反応が心配になるロレンだったのだが、ちらりとラピスの方へ視線を向けてみれば、ラピスはロレンと同じく湯船の中に膝をついたまま目を閉じ、顔を伏《ふ》せていて大魔王の方を全く見ていない。

「色々とすぐに用意させよう。無駄な抵抗《ていこう》はしないことだ」

抵抗という言葉に引《ひ》っ掛かりを覚えたロレンは、大魔王がどのような顔でその言葉を口にしたのか気になり、わずかに顔を上げようとしたが、大魔王が指を鳴らすのと同時に風呂場の入り口らしき場所から音も立てずに入ってきたメイド服姿の少女達を見て、慌てて視線と顔を伏せた。

温かな湯船の中に膝をついているというのに、ロレンは寒気に体が震えだすのを止めることができずにいる。

それは大魔王の合図で風呂場に入ってきた、おそらくは見たままメイドなのであろう少女達が身にまとっている気配に、完全に気圧《けお》されてしまったからであった。

〈大丈夫ですかお兄さん……もしものときは、なんとしても守りますから〉

脳裏《のうり》に聞こえる心配そうなシェーナの声に、言葉を返すことができないほどにロレンは緊張していた。

一つ何か間違って、この場にいる誰かの機嫌を損ねれば、ほぼ確実にこの場から生きて外へは出られないだろうという思いがロレンの体を支配している。

メイド服姿の少女達は見た目だけならば可愛《かわい》らしいと言っていい姿であったのだが、ロレンがその少女達から感じた気配は下手をすれば、以前に顔を会わせたことがある魔王の一人にしてラピスの母親であるユーディの気配に匹敵《ひってき》するとも劣《おと》らぬ気配ばかりだったのだ。

「陛下、この者達は？」

湯船から上がった大魔王の体へ少女達が清潔な布をかけ、濡れたその体を拭《ふ》き清め始める中、少女の中の一人がロレン達を見下ろしながらそんな質問を投げかける。

王の入浴中に窓から侵入《しんにゅう》した不審者《ふしんしゃ》、などという形容はどこからどう見ても犯罪者のそれであり、下手をしなくとも即刻処刑《そっこくしょけい》されておかしくない話だ。

エメリーが最速で大魔王の前にロレン達を運ぶ手段だったという事情はあるにしても、それを考慮《こうりょ》してくれるかどうかは大魔王の胸先三寸《むなさきさんずん》の話であり、自然と体が強張るのを感じるロレンだったが、大魔王は他のメイド達に体を拭かれながら酷く軽い口調で、問いかけてきたメイドの少女へと答える。

「客人だ。エメリーに可能な限り早く連れてこいと命じていた者達だ。この者達は運ばれてきただけであり、エメリーは俺の指示を果たしただけだ。いずれも責めるには値《あたい》しない」

「このまま謁見《えっけん》されますか？」

「面白い冗談《じょうだん》だが本気じゃあるまいな？　すぐに着替えと部屋を用意しろ。俺の客人なのだから、相応《ふさわ》しい待遇《たいぐう》というものを尽《つ》くせ」

「御意《ぎょい》に」

メイドの少女が大魔王の言葉に頭を下げた瞬間、その場に張りつめていた緊張感のようなものが急に緩んだ。

どうやら警戒を解かれたらしいとロレンが安堵《あんど》の溜息《ためいき》を漏《も》らそうとしたが、手の空いているメイド達が自分達の方へと走り寄ってくるのを見て、その光景に息を呑《の》む。

あろうことか少女達はメイド服姿のまま躊躇《ためら》うことなく湯船へと脚《あし》を踏み入《い》れると、湯の上を歩いてロレン達へと近づいてきたのだ。

そんな姿のまま自分達のところまで来れば、スカートの裾《すそ》を濡らすことになるはずで、自分達の方から湯船を出て行かなければならないのだろうと考えていたロレンは、スカートの裾どころか歩く足先すら濡らすことなく近づいてくるメイド達の姿をただ茫然《ぼうぜん》と見つめることしかできない。

「さぁお客様お手を。いつまでもそうされていたのでは御召《おめ》し物《もの》や装備が悪くなってしまいますわ」

「こちらはラピス様ではありませんか。お久しぶりでございます、お元気でしたでしょうか？　御髪《おぐし》も御召し物もこのように濡れてしまったのでは、お体に障《さわ》りかねません。すぐにお着替えを」

「えっと、この金髪《きんぱつ》の方は適当に運んでおいたらいいんでしょうか？」

自分だけ扱《あつか》いが酷くないかと抗議《こうぎ》するグーラの声を聞きながら、ロレンはメイドが差し出してきた手を取る。

するとメイドはロレンの手を取り、自分の方へと引き寄せたかと思うやいなや、軽々とロレンの体を横抱《よこだ》きにして見せたのだった。

装備込みでかなりの重量になっている自分を、体格を比べればロレンよりもかなり小さなメイドの少女が抱《だ》きかかえるという状況《じょうきょう》に、何もできないまま抱《かか》えられているロレンは同じく別のメイドの少女に抱きかかえられたラピスの方へ目を向ける。

ロレンの視線に気が付いたラピスは、そっと首を横に振《ふ》った。

「抵抗しても無駄《むだ》ですから、されるがままがいいですよ」

「陛下。こちらのお客様、ちょっとお体が立派ですので、着替えの方が……陛下の衣装棚《だな》から拝借しても構わないでしょうか？」

ロレンを抱きかかえているメイドが、重そうな素振りすら見せないままに、他のメイド達にかしずかれ、バスローブを羽織っている途中《とちゅう》の大魔王へ問いかけると、大魔王はメイドに抱きかかえられているロレンを面白そうに眺《なが》めた後、頷いた。

「好きな物を使え。俺の衣服を人族が着る、というのも面白いだろう」

「感謝いたします陛下」

軽く腰を落として頭を下げ、お礼の言葉を述べたメイドはそのまま湯の上を歩いて湯船を出ると、ロレンを抱きかかえたままするすると廊下《ろうか》を進み始める。

他の二人がどのようなことになるのか、多少心配にはなるロレンだったのだが、今は自分がこれからどのようなことになるのかの方を心配する必要があるだろうと考えた。

だが、心配したところで自分の力量では自分を運んでいるメイドにすら太刀打《たちう》ちできそうな気はせず、結局は自分を運んでいるメイドを信用し、されるがままになるしかないのだろうと結論付けると、せめてメイドが仕事がしやすいようにと体をメイドの腕に預けることにする。

「お客様。その反応は中々に好印象でございます」

腕の中のロレンの体から力が抜けたのを感じたのか、メイドが進む足を止めることなくロレンにそう告げてきた。

「信用し身を任せていただければこちらも仕事がしやすいというもの」

「色々諦《あきら》めただけって線もあるんじゃねぇかな」

「それはそれで、的確な状況判断かと愚考《ぐこう》いたします」

にっこりと笑いかけてきたメイドに、やはり敵《かな》いそうにないと考えたロレンはこれから先にどのような扱いをされても、されるがままにしておくのが賢《かし》こそうだと考えたのである。

そこから先のことは、ロレンはあまり記憶《きおく》にとどめておきたいとは思わないことばかりであった。

運ばれた先の部屋でロレンは応援《おうえん》に駆けつけてきたらしいメイド達の手によって一旦素《いったんす》っ裸《ぱだか》に剥《む》かれると、衣服や装備の類を持ち去られてしまう。

ロレンとて人並みに羞恥心《しゅうちしん》の持ち合わせはあるわけで、色々と思うところがなかったわけではないのだが、されるがままにされるしかないと決めたのだからと、ぐっと堪《こら》えて耐《た》えるしかない。

剥《は》ぎ取《と》られた衣服や装備は手入れをして乾《かわ》かしておきますというメイドの弁であったが、いつも肩《かた》にしがみついているニグだけは衣服と共に持ち去られるのを拒《こば》み、吐《は》き出《だ》した糸を駆使《くし》してでもその場に留《とど》まろうとしたために、ロレンが口添《くちぞ》えすることでなんとか連れ去られることを免《まぬが》れていた。

下着に関してはロレンの荷物の中で濡れることを免れたものがあったので問題がなかったのだが、衣服に関しては大魔王の私物を流用しようとして、問題が一つ発生。

大魔王自身もかなりの長身で、鍛え上げられた体つきをしてはいたのだが、やはりロレンと比べると幾分《いくぶん》小さかったようで、ロレンにあてがう服がなかったのである。

これに対してメイド達は即座に既存《きそん》の物をロレンへ着せることを諦めると、ものすごい勢いで礼服の一つを解き、ロレンの体を採寸するとてつもない速度で礼服を一式縫《ぬ》い上げてしまう。

「服ってそんな簡単にできるもんだっけか？」

「大魔王城に勤めるメイドなれば、この程度のことはできて当たり前です」

そう答えたメイドがロレンに着せたのは、白と銀を主に使った祭服のようなものであった。

酷く動きづらい上に重たいそれを着せられたロレンは、床《ゆか》を引きずりそうな裾や、だぶだぶの袖《そで》などを嫌《いや》そうに眺めながら体のあちこちを確認《かくにん》するかのように手を上げたり体を捻《ひね》ったりし始める。

「似合わねぇ……」

生まれてこの方、そんな服など着たことのないロレンである。

姿見が近くになく、自分がどのような恰好《かっこう》になっているのか確認することはできなかったのだが、さぞかし滑稽《こっけい》なことになっているのだろうと暗澹《あんたん》たる気持ちになっていると、メイドは何故《なぜ》か感心したような目でロレンのいでたちを見ていた。

「自分で仕立ててみたものの、これは驚きです。非常にお似合いですよ」

「俺におべんちゃら使っても、意味ねぇと思うんだがな」

「いえいえ、非常に威厳《いげん》のあるお姿で。どこぞの王族と名乗っても通用しそうです」

それはお世辞にしても言い過ぎだろうと思うロレンなのだが、大魔王が自分達を客として扱うようにとメイド達に言いつけていたのを思い出す。

つまりはせめて自分が不快な思いをしないようにと気を遣ってくれているのだろうと結論付けると、自分の恰好を確認することを諦めて、驚きの表情を顔に浮かべているメイドへの後どうすればいいのか尋ねてみる。

「お食事の用意ができておりますので、陛下と会食を」

「そいつはまた、腹の具合が悪くなりそうな話だ」

人族の国において、貴族や王族という存在と顔を会わせるだけでも精神的な疲労《ひろう》は計り知れないと思っているロレンである。

まして、大魔王などという存在を目の前にして、料理の味など楽しめる余裕《よゆう》があるとは到底《とうてい》思えず、胸焼けやら腹痛に悩《なや》まされそうだと力の無い笑いを顔に浮かべたロレンへ、メイドは小首を傾《かし》げた。

「食材は厳選された最良の物だけを使用し、魔族領内でも屈指《くっし》の料理人が腕を振るうことになっておりますが？」

「質にゃ疑いを挟《はさ》んだりしねぇよ。気分的な問題ってやつだ」

理解されないものだろうかと思いながら答えたロレンは、ふと気になったことをメイドへ質問してみた。

「で、俺達《おれたち》はいつまでここにご厄介《やっかい》になる予定なんだ？」

「皆様《みなさま》がお急ぎの途中であることを我《わ》が主は理解されております。無理を言って立ち寄って頂いたので、長くお引止めするつもりはない、と聞いております」

夕食と一晩の宿。

明日の朝になれば、濡れた装備や衣服も乾き、出立することが可能になるだろうというメイドの言葉に、なんとかこの夜を乗《の》り越《こ》えれば無事にここを出て行くことができそうだとロレンはこっそり安堵の息を吐いた。

「納得《なっとく》いただけたのでしたら、こちらにご同行願えますか？　陛下との会食場所へとご案内致《いた》します」

するすると肩に登ってきたニグがロレンの左肩《ひだりかた》まですするすると登ってくると、ぴたりとそこにしがみ付く。

その背中を撫《な》でてやるロレンへ、メイドは一礼すると先に立って歩き出す。

メイドの後を追うようにして衣装合わせをした部屋から出たロレンは、しばらくまた長い廊下を歩かされ、ある一室へ通された。

「ロレンさん！　ご無事でしたか！　一人だけ遅《おそ》いので何かあったのか……と……」

部屋に入るなりロレンを迎《むか》えたのは、いつもの神官服ではなく、両肩《りょうかた》を出すタイプで体のラインを強調するようなデザインのドレスに身を包んだラピスであった。

ドレスの色は魔族だからなのか紫色《むらさきいろ》であり、どこか妖《あや》しさのようなものが漂っているようにも見えるのだが、元々の顔立ちと無理に髪をセットしたりしないところにそこはかとなく清楚《せいそ》さが見え隠れし、ロレンの目から見てもかなり似合っている。

その向こう側では、ラピスと似たようなデザインのドレスではあるのだが、こちらはきっちりと髪をアップにセットしているのと、ドレスの色が金色であることに加えて、ラピスよりメリハリの強いプロポーションをしているせいで、妖しさばかりが際《きわ》だっているグーラの姿があった。

「随分とまた、綺麗な恰好になったもんだな二人とも」

「そちらは……本当にロレンさんですか？」

しげしげとロレンの姿を見つめ、ラピスは大きく首を捻る。

その後ろからロレンの姿を見ていたグーラは目を大きく見開いたまま、瞬《まばた》きを忘れてしまったかのように固まっている。

二人がそんな反応をするほどに似合っていないのだろうと考えたロレンは苦笑《くしょう》しながら肩をすくめた。

「無理しねぇで、笑えるなら笑っといた方がいいぜ」

「いえ、そのあの……えーと、なんと言えばいいのか……」

ラピスは口にする言葉を選びかねているかのように口ごもってしまったのだが、その先を続けることはできなかった。

それは部屋の外から複数のメイド達《たち》が様々なものを部屋の中へと持ち込み、飾《かざ》り立《た》て始めたからである。

大きなテーブルの上には清潔なテーブルクロスがかけられ、部屋の中を少しでも明るく照らし出すための様々な照明が持ち込まれてはあちこちに備え付けられていく。

椅子《いす》も買えばどれほどするものなのか想像もつかないような凝った装飾《そうしょく》の施《ほどこ》されたものが四つ持ち込まれ、調《ととの》えられたテーブルの周囲の均等な位置へと置かれた。

何が始まるのやらと見守るロレン達だったが、作業中のメイド達に続いて、あの風呂場では全裸であった大魔王が部屋の中に入ってくるのを見て、少しばかり警戒の念を抱く。

デザインとしてはロレンが現在身につけているものに非常によく似た、黒い衣服を身につけている大魔王はロレン達の姿を確認すると満足げに笑う。

「いるな。いましばらく待て。本当はいつも使っている食堂が使えれば手間もなかったのだが、俺が人族やそれっぽい存在と飯を食うところを誰かに見られると、色々と面倒《めんどう》があるという奴《やつ》がいるのでな」

「食事ですか、陛下」

一行を代表する形でラピスが問いかける。

ロレンはとてもではないが王と名のつくものに対して何をどうしゃべっていいやら分か

らなかったし、グーラに何かしゃべらせるのはなんとなく危険な気がしての人選であったのだが、魔王の娘《むすめ》であるラピス以外に大魔王としゃべるのに適した者は他にいないだろうとも思っていた。

「そうだ、ユーディの娘。今回は俺がお前達を招いたのだから、俺にはお前達をもてなす義務がある。ささやかなものではあるが、楽しむがいいぞ」

楽しめるわけがないだろうと顔を引き攣《つ》らせるロレンに、ラピスとグーラは愛想笑《あいそわら》いとしか受け取れないような強張った笑顔《えがお》を作る。

そんな三人を見てさも面白《おもしろ》そうに笑う大魔王の周囲では、変わることなくメイド達が部屋の調度などを調え続けるのであった。


「さて、寛《くつろ》ぐといいと言ってもそれは難しいか」

メイド達が準備を終えたテーブルについて、大魔王が口にした言葉に苦笑を返せたのはラピスだけであった。

周囲をメイド達に取り囲まれ、それほど大きくない卓《たく》に大魔王と一緒《いっしょ》に座《すわ》らされているという状況で、寛ぐことができる存在がいるのであればお目にかかりたいものだと思うロレンである。

おまけに部屋には窓がない。

圧迫《あっぱく》されるような感じを周囲からひしひしと感じているロレンとしては、できれば一刻も早くこの場から立ち去りたい気分でいっぱいであった。

テーブルの上には所狭《ところせま》しと、詳《くわ》しくはロレンにも分からないのだが、おそらくは相当に上等なのであろう料理の数々が並べられているのだが、それもロレンの気分を軽くはしてくれない。

「警戒しながらでも構いはしない。俺の目的は果たされるしな」

部屋の中に用意されている明かりはそれほど多くはない。

十分とは言えない程度の明かりの中で大魔王は小さく笑ってみせた。

その笑い方はどこにでもいるような人族の若者とどこが違《ちが》うのか分からないような気さくな笑い方であり、大魔王というからには人外にして強大無比のバケモノのようなイメージを抱いてしまうロレンだったのであるが、そんな風に笑ったりもするのだなと認識《にんしき》を改める。

「目的、と申しますと?」

「そこの男。ロレン、と言ったか？　そいつの顔を見るということだ」

ラピスの問いかけに大魔王が返した答えに、ロレンはわずかに眉《まゆ》を顰《ひそ》める。

何しろ相手は魔族という種族の頂点に位置している存在だ。

そんな存在が自分のような一介《いっかい》の傭兵《ようへい》、もしくは冒険者《ぼうけんしゃ》の顔を見るためだけにエンシェントドラゴンを動員し、居城に招くという行動をとる理由がさっぱり分からない。

「案の定、中々面白い奴だ。そして中々面白いことになっている」

面白いを二度も被《かぶ》せられるほど、自分が面白い人間だとロレンは思っていない。

もっとも相手が相手だけに、何かしら自分とは全く違った何かが見えていて、それがそんなに面白いと形容されるほどのものであるのかもしれないが、言われているロレンに理解できないことに変わりはなかった。

「陛下は彼《かれ》のことをどこで知られたのですか？」

ラピスの質問はもっともだとロレンは思う。

少なくとも大魔王に伝わる情報といえば、以前にロレンが魔族領を訪《おとず》れたときにエンシェントドラゴンのエメリーの誤射により、大魔王の居城を破壊《はかい》してしまったときのものくらいで、面白い奴などという評価を受けるような話ではないはずだった。

「それはもちろん、俺の信頼《しんらい》する魔王であるユーディ経由だな」

「母様から?」

「お前、定期的にユーディに外の世界でのことを連絡《れんらく》しているだろう？」

大魔王にそう告げられてラピスははっとした顔になる。

そしてすぐに申し訳なさそうな顔をしながらロレンの方を見たのであるが、ロレンからしてみればラピスが母親であるユーディに便りを送っていたということはなんら責めるようなことではない。

むしろ手足と目を奪《うば》われて、半ば追い出されるようにして外の世界に出されたというのに、きちんと母親には連絡を入れていたというラピスを、少しばかり見直したくらいであった。

ただそこになんと書かれていたのかについては多少気になるロレンである。

「あいつ、ちょくちょくこっちに来ては、うちの娘が外でいい人を見つけたと、やたら嬉《うれ》しそうにだな……」

「陛下？」

「式には呼べよ？　大魔王が参列する式など、そうそうあるものではないのだからな」

「陛下っ!?」

椅子から腰《こし》を浮《う》かし、テーブルに両手をついて大声を上げたラピスの顔は乏《とぼ》しい明かりの中でも頬《ほお》が赤いのが見てとれた。

にやにやと笑う大魔王と、それ以上は不敬になると思ったのか口をへの字に曲げながらゆっくりと椅子に腰かけなおすラピスから、ロレンはそっと目を逸《そ》らす。

〈お茶飲み友達の井戸端《いどばた》会議で、エンシェントドラゴンが動員されたなんて聞いたら、世界中が驚《おどろ》きそうな事実ですよね〉

シェーナの呟きに全くだと同意するロレンなのだが、それが本当にできてしまうからこそ、魔王や大魔王は恐《おそ》ろしいとも思う。

「俺の信頼する魔王の娘に見初《みそ》められたというのがただの人族、というところに興味が湧《わ》いてな。これは是非《ぜひ》に一度顔を見てみたいもんだと思ったのが今回の発端《ほったん》になる」

「お戯《たわむ》れが過ぎます、陛下……」

「確かに戯れだった。しかし、今はそう思っていない」

ほんの少しだけであったが大魔王の声のトーンが下がったのに気が付き、ロレンは視線を大魔王の顔へと向ける。

それは不敬と言われても仕方のない行為であったのだが、大魔王はそんなロレンの視線を咎《とが》めだてすることもなく、顔から笑《え》みを絶やすこともなかった。

「ロレン、お前は面白い存在だ。何の変哲《へんてつ》もないただの剣士《けんし》、あるいは傭兵か冒険者でありながら、実際にお前の存在は本来ありえない」

存在ごと全否定か、とロレンはげんなりと考えたのだが、大魔王の口調や言葉の中身からして悪い意味でそんなことを言われているわけではないらしいことも分かる。

しかしどのような意味合いでそんなことを言ってきたのかについては聞き返したい部分もあったのだが、どう口を開いていいものやら分からないままにロレンは沈黙《ちんもく》を守った。

「何か言いたげだな。礼儀《れいぎ》をどうこう言うつもりはないから何かしゃべってみろ」

「その前に一ついいか？」

許可が出たのであれば、不敬を理由に何かされることもないだろうとロレンはやや重く感じる口を開いて大魔王を見た。

何か、とばかりに首を傾げる大魔王へ、ロレンはまず聞かなければならないだろうと思っていることを口にする。

「俺はあんたの名前を知らねぇんだが、大魔王陛下とやらで統一しとけばいいのか」

「なるほど、それは失念していたな。魔族《まぞく》で俺の顔と名を知らぬ者などいないから、名乗るということを忘れていた」

いつもと変わらない口調で話し出したロレンに、ラピスは心底心配するような表情を向けていたのだが、尋ねられた大魔王本人は今まさにそれに思い当たったとばかりに額に手を当てながら苦笑を顔に浮かべる。

「フォラスだ。姓《せい》は訳あって明かせないがフォラスと呼ぶがいい」

「ロ、ロレンさん！　本当に呼んだら駄目《だめ》ですからねっ⁉」

呼ぶがいい、というのだからその名前で呼んでみようかと口を動かしかけたロレンを止めたのは、ラピスの必死な小声であった。

やはり呼べと言われて素直《すなお》に呼ぶのは、相手が目上である以上は不味《まず》いのだろうなと考え直して、ロレンは当《あ》たり障《さわ》りのなさそうな呼称《こしょう》を考える。

「フォラス大魔王陛下……」

「長いだろそれ。大魔王陛下よりさらに長くなってるじゃないか。フォラスでいい。そう呼ぶよう命じるか？」

二度も許可されたことをさらに曲げてしまうのは逆に失礼な気がするロレンなのだが、こういう場合はどうしたらいいのか分かるわけもなく、意見を求めるようにラピスを見ればラピスは顔を強張らせながらも一つ頷いてみせる。

どうやら構わないようだと判断したロレンは改めてフォラスの顔を見ると口を開いた。

「フォラスは俺をありえねぇ存在と言ったが、どういうことだ？」

「その件については俺が説明することでもなかろう。いずれ分かる必要があるなら、分かるときが来る。思わせぶりな話で悪いんだが、それを差し引いてもお前は面白い」

そう言うとフォラスはメイドの一人に視線で何かを命じる。

あらかじめ申し合わせてあったのだろうが、メイドはフォラスの視線を見て取ると、深々と頭を下げてからいきなり、部屋に用意されていたいくつかの明かりへと手をかざした。

するとその行動だけで全《すべ》ての明かりが消え去り、窓のない部屋は闇《やみ》に閉ざされる。

「いくら夜目が利《き》いても、全く明かりのない部屋で視界を得ることは普《ふ》通《つう》できない。魔族やそっちの妙《みょう》なのは別としてな。それでロレン。お前はどうだ？」

尋ねるフォラスの顔をロレンはぼんやりとではあるのだが認識することができていた。

何かしら面白がるような笑みまで判別できる程度の視界は自分の内側にいるシェーナの持つ〈死の王〉の力であろうと思っていたのだが、しばらくしてぼんやりとしか見えていなかったフォラスの顔が鮮明《せんめい》に見て取れるようになり、ロレンの脳裏にシェーナの声が響《ひび》く。

〈お兄さん、視界の同調を行いましたよ〉

それは妙な話だとロレンは考える。

シェーナがその力をもって視界を確保してくれたのが現状なのだとすれば、それ以前にぼんやりとではあるがフォラスの顔を見ることができたことに説明がつかない。

〈死の王〉の力によって視界を確保するまでの短い時間ではあるのだが、ロレンは確かにフォラスの顔を見ることができていたのだ。

「明かりのない部屋の中で、お前の中にある別の力を用いることなく、お前は俺の顔が見えていた。違うか？」

「その通りだ」

隠《かく》し事《ごと》をしても仕方ないだろうと思うロレンは素直に頷《うなず》いた。

大魔王とまで呼ばれる目の前の存在ならば、ロレンの内側にいるシェーナの存在に気が付いていてもおかしくはないし、ラピスがどこまでユーディに自分達のことを報告しているのか分からないまでも、もしかすればシェーナのことまできっちり話してしまっているかもしれない以上、惚《とぼ》けるというのは得策だとは思えなかったのである。

「魔術というのは呪文《じゅもん》と魔力《まりょく》で発現する力、だと思われているが実際には違う」

ロレンの答えに対してフォラスは全く別な話をし始めた。

それが何を意味しているのかロレンには見当もつかなかったのだが、フォラスは構わずに先を続ける。

「実際には使う意志さえあれば魔術は発現する。まぁそこまで魔術と親和性が高いのは俺達魔族くらいなものだが、実は人族にも一部そんなことができる者達がいた」

「過去形か」

「今はいない。いないことになっている」

含《ふく》みのある答えを返しながら、フォラスはロレンの右手を指さした。

ロレンが自分の右手に視線を落とせば、そこには吸血鬼《きゅうけつき》の最上位である神祖からもらった指輪がほんのわずかにではあるのだが鈍《にぶ》い光を放っているのが見える。

「それは俺でもおいそれと造り上げることができないくらいの魔術道具だ。気合を入れれば似たような物は造れるかもしれないが、そのくらいの魔術道具だ」

ロレンが右手にはめている指輪は、神祖からもらった物であり、その効果はロレンの内側にいるシェーナが持っている〈死の王〉の力を奪い取るというものである。

ロレンの意志力がシェーナに勝《まさ》るか、あるいはシェーナが譲《ゆず》ることを同意し、ロレンが奪うことを宣言すれば即座《そくざ》に、〈死の王〉の力をロレンの物とし、シェーナを元の人族の魂《たましい》に戻《もど》すことができる、とそれを造った神祖は言っていた。

「それはもう、一つのこれまでにない魔術だといっていい」

フォラスが鷹揚《おうよう》に手をあげる。

その動作に応じて、メイド達が消された明かりを灯《とも》しなおした。

新しく生じた光に照らし出された室内では、椅子に深く腰掛《こしか》けたフォラスが笑みを含んだ表情でロレンを見つめ、ロレンはその視線を驚いているような、そうでもないようなという微妙《びみょう》な表情のまま正面から受け止めている。

「陛下、それはまさか……」

「少し、混じり始めているぞ、お前」

ロレンを指差して、フォラスがそんなことを言う。

突《つ》きつけられた指先を、短剣《たんけん》の切っ先のように感じながらロレンは返す言葉もなくただ大魔王を名乗る男の顔を見返すだけであった。


「俺の用件はそれくらいなものだ。面白そうな奴がいると聞いたから手元に呼んで顔を見た。それで俺の用事はお終《しま》いというわけだ。余は満足である、とでもいえば楽になるか？」

ぱっと両腕《りょううで》を広げながら、少しばかりおどけた雰囲気《ふんいき》を醸《かも》し出しつつそんなことを言ったフォラスに対して、ラピスは深刻そうな顔のままロレンを見る。

フォラスから知らされた話の内容は、とても楽観視できるような話ではなく、ロレンの命どころか存在そのものに関《かか》わりかねない話であった。

しかも、現状ラピスには効果的な打開策が思《おも》い浮かばず、どうしても表情が曇《くも》ってしま

うようなことになっていたのだが、当事者であるはずのロレンは少しの間、難しい顔をしていたかと思うと、深く息を吐き出してからその表情を一変させる。

「情報に感謝致します陛下、と言っておけばいいか？」

そう口にしたロレンの表情は平時と変わらぬものであった。

焦《あせ》りや恐れといった感情が見えないその表情に、心配していたラピスの方が拍子抜《ひょうしぬ》けしたようにぽかんとその顔を見つめてしまう。

「感謝はタダだからな。まぁしてくれるというならば、もらっておこうか？　しかしお前、随分《ずいぶん》と動じないのな」

「今更《いまさら》どうこうできるようなもんでもねぇし。結構これにゃこれまでも助けられてきたからな。それが原因でどうこうなるなら、そりゃ仕方のねぇことだ」

とんとんと自分の胸を人差し指で叩《たた》きながら言うロレンの表情に乱れはない。

そんなロレンの表情をじっと観察していたフォラスは、その言葉と表情に嘘《うそ》がなさそうだと判断すると、ロレンの言葉に心配していいやら安心していいやら判断がつかないままに混乱し始めているラピスの方を見て笑った。

「ラピス。お前のツレはまた腹の据《す》わった奴だな。これが魔族なら面白みに欠けるところだが、たかが人族が言うならば非常に面白い」

「陛下……すみません、この件に関しては面白い面白くないで判断しかねますので」

「ふむ？　その反応もまた面白いな」

フォラスと目を合わせないように顔を背《そむ》けながら答えたラピスに対して、フォラスはそちらへも興味と好奇《こうき》の入り混じった視線を向ける。

そんな視線を迷惑《めいわく》そうにしながら、逃《のが》れるようにそっぽを向き続けるラピス。

尚《なお》も視線で追《お》い詰《つ》めようとするフォラスであったのだが、そんなフォラスへグーラが口を挟んでその注意を自分へと向けさせる。

「ほんで大魔王《だいまおう》陛下。うちはいつまで料理を目の前にしてお預けされてればえぇんやろな？　えぇ加減、折角《せっかく》の料理が冷めるんとちゃうんかな？」

「それは気がつかなんだな。客人を冷めた料理でもてなしたとあっては大魔王の沽券《こけん》にかかわる。おい、お前達。冷めているものは下げて新しいものと交換《こうかん》しろ」

フォラスの指示で壁際《かべぎわ》で待機していたメイド達がすぐにテーブルの上に並べられている料理を調べようと足を踏《ふ》み出しかけたのであるが、それを視線で制したグーラは椅子に腰掛けたまま足を組む。

「調べる必要なんかないわ。新しい料理を用意せぇ。ただ冷めたんを捨てるのは勿体《もったい》ないから、うちが処理したる」

グーラが言った途端《とたん》にテーブルの上にあった料理の数々がその容器ごと一斉《いっせい》に消えた。

大魔王とメイド達が目の前で起こったその消失劇に目を丸くする中、グーラは右手の甲《こう》で軽く自分の口を拭《ぬぐ》う。

「これでえぇやろ。新しいのを用意してもらおか？」

「まだ食うのか。ラピス、お前のツレの女は随分と食い意地が張っているな」

冗談めかしてフォラスはラピスにそんなことを言ったのだが、それを聞いたラピスとロレンは内心だけではあるが少し驚いていた。

現状で、グーラが暴食の権能を持つ者であるということは説明していない。

ラピスもロレンに関する報告は結構詳細《しょうさい》にユーディに上げていた記憶はあるのだが、グーラに関してはそれほど詳しくは報告していたつもりがなく、ユーディ経由でフォラスに邪神《じゃしん》の情報が流れたとは考えにくかった。

しかしフォラスは料理の消失現象に対してはっきりと「食う」という表現を使ってみせたのである。

つまりフォラスはグーラが何らかの方法でテーブルの上にあった料理の数々を食ったということを認識しているということであり、いったいどうやってそれをと考えるラピスやロレンを余所《よそ》に、フォラスはメイド達に命じて新しい料理を運ばせ始めた。

「折角美味珍味《ちんみ》の数々を集めたんだ。もうちょっと味わってもらいたいものだな」

「ほな、美味《おい》しいうちにおあがりよって言ってくれんとなぁ」

「それもそうか。配慮《はいりょ》が足りなかった。食いながら話せばよかったな」

頭をかきながらグーラの言い分を認めて謝罪するフォラスであるのだが、それを傍《かたわ》らで聞いているラピスは気が気ではない。

フォラスはロレンに対しては名前を呼び、普通に話すように言っていたがグーラに関しては現在に至るまで触《ふ》れておらず、グーラの態度は普通に王に対するものではないとなればフォラスがいつ大魔王としてグーラの態度を咎めてもおかしくなかったからだ。

もっとも、客人であると明言はしているので、いきなり致命的《ちめいてき》な状況になるというのはやはり考えにくい話ではあったが、それでも心配にはなる。

魔族という存在は他の種族に比べるとその体力や耐久力《たいきゅうりょく》に関してもかなり優位にある存在であるはずなのだが、ラピスは生まれて初めて胃の辺りがしくしくと痛《いた》むようなストレスを感じ始めていた。

「ラピス様、お水をお持ちしましょうか？」

その心労は外から見てはっきりと分かるほどに顔に出ていたようで、メイドの一人が心配そうにそんな申し出をしてくるほどであった。

その申し出をありがたく受けて、差し出されたコップの中の水をラピスが口に含んでいる間にもテーブルの上は再び数多くの料理で埋《う》められ始めている。

いったいどれだけの量の料理を用意していたのだと聞きたくなるような量と、出される速度であるのだが、これも大魔王の持つ権力や財力の表れなのかもしれないと考えると中々に驚くべき眺めなのだろうなとロレンは思う。

「面倒な話はもうない。手をつけて構わないぞ。俺《おれ》も食う」

客であるロレン達に料理を勧《すす》めてから、フォラスは適当に近くにある皿から無造作に手をつけ始めた。

それに応じてグーラも目の前の皿に手をつけだしたのだが、ロレンは見たこともないような料理の数々にやや手をこまねくような状態であり、ラピスはとてもではないが料理が喉《のど》を通りそうにない状態である。

それでも出されたものに全く手をつけないというのは失礼にあたるだろうとラピスは、水を片手にそれほど胃に負担をかけそうにない野菜や果物の類《たぐい》をちまちまと口に運び出し、それを見てようやくロレンは自分の目の前にある皿へと手を伸《の》ばした。

肉なのだろう、野菜なのだろうとか煮《に》込みやら焼いたのやらというくらいのことは見たり食べたりしたのならば分かる話ではあるのだが、ではいったいそれらが何を材料にし、どのような名前の料理であるのかについては、ロレンにはさっぱり分からない。

それでも使っているものが上質な材料であり、作った者の技量がかなり高く確かなものであり、そして全体的に美味しいということくらいはロレンにも理解できた。

「ラピス、食が進まないようだが。人族の料理に慣らされたか？」

「陛下、ここで普通に食事できる魔族は魔王くらいなものです……」

「お前、その魔王の娘だろう？　いずれ魔王を継《つ》ぐのだろうし」

「それは……まだ分からない話ですので。今は目の前の問題に注力すべきときかと」

「目の前の問題？」

眉根《まゆね》を寄せたフォラスに、メイドの一人がそっと耳打ちをする。

「そうか、そういえばお前達。これから戦争に行くのだったか」

「お忘れかと思いますが、あくまでも今回こちらを訪問させていただいた方が脇道《わきみち》で、本筋はそちらだということを思い出して頂くと助かるのですが」

低く抑《おさ》えた声でラピスがそう告げれば、初めてそのことに思い当たったとでも言いたげな表情でフォラスはぽんと一つ手を打つ。

「忘れてはいなかったぞ。考えていなかっただけで。しかしラピス。人族の小競《こぜ》り合《あ》い程度ならば、お前が行けば終わる話ではないのか？」

「陛下、お戯れを。戦争とは私ごときが出向いて終わるようなものでは……」

「いやしかし、お前確か……十年くらい前にどっかの魔王が反乱起こしたのを一人で鎮《ちん》あ……」

「へいかっ！　おたわむれをいうのはそれくらいにっ！」

フォラスの顔から笑みは消えていない。

その表情から考えれば、フォラスがラピスをからかっているだけ、というようにも見えなくはなかったのだが、大魔王がふざけてそんなことを言うだろうかと考えると今ひとつありえないような気がするロレンである。

翻《ひるがえ》って、顔を真っ赤にし、席から立ち上がりながらその言葉を無理やり制したラピスの顔を見れば、こちらも本当のことを言われて慌《あわ》てているようにも見えるし、嘘を言われて慌てていると言われても納得してしまう顔であった。

しかし内容が内容である。

いかにラピスが強い魔族だったとしても、本人曰《いわ》く実年齢《じつねんれい》が十八歳《さい》であるはずのラピスが十年前に、どこかの魔王の反乱を一人で鎮圧《ちんあつ》できたとは思えない。

「と、とにかく。私が一人で人族の戦争を鎮圧してしまったら、私、もう人族の領域を歩けなくなるではないですか。私はまだまだ経験を積みたいんです」

何度か咳払《せきばら》いし、ちらちらとフォラスの方へ視線を走らせていたラピスは席に戻りながらそうフォラスへ言った。

言われたフォラスはつまらなそうにラピスを見た後で、事態を見守っているロレンへ話しかけてくる。

「で、どことどこの戦争だったか？」

「確か……ロンパード王国とユスティニア帝国《ていこく》、だったか？　大魔王のあんたに人族の国の名を言っても分からねぇんだろうが」

大魔王が人族の国のことをいちいち気にしていたり覚えていたりするとは到底思えずにそう言ったロレンだったのだが、フォラスからの答えはその予想を覆《くつがえ》した。

「ユスティニアという国は知らないが、ロンパードならば知っている」

「そいつは意外な話じゃねぇか。なんでまた？」

大魔王ともあろう存在が人族の国のことを気にかけていたとは思えない。

しかし、知っているということはそれなりに気にしている国であるということなのだが、ロレンにはその理由が分からなかった。

「ちょっと前に妙な気配があったのでな。気になって少し調べていたから覚えている」

「妙な気配、ですか？」

大魔王ほどの存在がそんな風に評する気配が、これから赴《おもむ》こうとしている場所にあると聞かされればどうしても気になってしまう。

これがまだ帝国側であれば救いもあったのだろうが、敵となる王国側にそれがいるということはロレン達にとってはいい情報ではなかった。

「そうだ。似て非なる気配、とでもいうのか。俺はてっきりお前が王国にいるのかと思ってしまったんだが……」

そう言ってフォラスが視線を向けたのはロレンであった。

自分かと自分の指で自分を指し示すロレンに、フォラスは頷く。

「大陸南部にいるはずのお前が、唐突《とうとつ》に北部に現れるというのは妙な話だが、ラピスが傍らにいることであるし、何かしたのではないかと気になってな。結局、全く違う奴がいたわけだが」

「陛下、その人物の情報を頂いても？」

「構わないが、ロレンではないと分かった時点で調べるのを止めたから、詳しいことは何も分からないぞ。ただ、常時黒の全身鎧《よろい》を着ていて、傍らにはやたら肌《はだ》の露出《ろしゅつ》が激しいダークエルフがいた、ということだ。これでもうロレンではないと分かったから調査を打ち切ったんだが……って、お前達、どうした？」

ロレン達の顔を見て不思議そうな声を出すフォラス。

フォラスの語った王国側にいる妙な気配の人物の姿に、見覚えも聞き覚えもあるロレン達は互《たが》いに顔を見合わせると、どうやらこの先には面倒そうなことしか待っていないらしいということを悟《さと》り、三人がほとんど同時に肩《かた》を落としたのであった。


「ダークエルフに黒の全身鎧、なんて組み合わせはあいつしかいねぇよなぁ」

「そんな組み合わせが他にいないとは言い切れませんので、確定したとは言い難《がた》いですが……やっぱりあの人達ですよね」

「あの野郎《やろう》かぁ……」

三様の反応を見せたロレン達に、フォラスは自分が与えた情報がロレン達にどのような影響《えいきょう》をもたらしたのか、なんとなく把握《はあく》したらしく、腕組《うでぐ》みをしながらしばらく考えた後で、軽い口調でこう告げた。

「まぁがんばれ」

「ロレンさん、これは何気にレアですよ。なにせ大魔王陛下の激励《げきれい》です」

「珍《めずら》しいってだけで、ものの役にゃ立たねぇな」

いかに大魔王が強大な存在であったとしても、おざなりながんばれの一言で何かの魔術《まじゅつ》のようにロレン達になんらかの効果をもたらすわけもない。

かえって気が抜《ぬ》けるような話であり、ロレンが疲《つか》れたような表情でそう言い捨てると、フォラスは少しばかり表情を引《ひ》き締《し》め、胸の前で腕《うで》を組んだ。

もしや機嫌《きげん》を損《そこ》ねたかとラピスが少しばかり青ざめたのだが、フォラスはしばらくそうしていた後で、組んでいた腕を解くとロレンの方を向く。

「確かにな。役に立たない言葉一つもらってもありがたみはあるまい」

「あ、いえその陛下。お気持ちだけで……」

「俺の好奇心《こうきしん》を満たすために、お前達にここまで来てもらったのだから。それに応じた褒《ほう》美《び》をやらねばならんというのは王の務めでもあるな」

話を中断させようと口を挟《はさ》んだラピスを無視し、フォラスはロレンにそう語りかける。

王からの褒美と言われれば、結構な価値のあるものを想像してしまうロレンではあるのだが、王は王でも大魔王とくれば下賜《かし》される品物もなんだかロクでもないもののような気がして、素直に喜べなかった。

「普通に金とかくれると助かんだけどな?」

「大魔王の褒美がそんな普通のものなわけがないだろう?」

当たり障《さわ》りのないところを提案してみたロレンであるのだが、フォラスは何を馬鹿《ばか》なことを言っているのかと言わんばかりの顔でロレンの顔をまじまじと見つめ、やはり駄目だったかとロレンは自分の額を押《お》さえる。

「そうだな。たとえばその、肩にしがみついている蜘蛛《くも》をだな」

「おい、何をする気だ」

フォラスがニグを指差すのを見てロレンはニグを庇《かば》うようにわずかに右肩《みぎかた》を引く。

そんなロレンの動作にあわせるようにしてニグを指差す指先を動かしていたフォラスは、ロレンににらまれると苦笑しながら肩をすくめる。

「別に酷《ひど》いことをしようというわけではない。だがお前もその蜘蛛が、可愛《かわい》らしい少女に変じる能力を得たりすれば嬉《うれ》しかろう？」

「ニグは雄《おす》だぞ」

この大魔王は何を言い出すんだとばかりにロレンが冷たい視線を向ければ、フォラスは少しばかり驚いたような表情でロレンの肩にしがみついているニグを凝視《ぎょうし》する。

「そんなに懐《なつ》いてんのに、雄なのか⁉」

「懐くのに雄も雌《めす》も関係ねぇだろ……」

信じられないとばかりに頭を振《ふ》るフォラスの様子を見て、これが魔族の頂点に位置する大魔王であると思う者は少ないのではないだろうかとロレンは考える。

それはグーラも同じ思いであったようで、呆《あき》れ返《かえ》った視線でフォラスを眺《なが》めていたのだが、ラピスまでもがフォラスを何か怒《おこ》っているような馬鹿にしているような視線で見ているのがロレンには少々意外であった。

「まぁいい……なら、その蜘蛛が一見少女と見紛《みまが》う美少年になったら嬉しいだろ?」

「いや全然」

改めてロレンに問い直したフォラスに対し、ロレンは即座に淡々《たんたん》と答えた。

そもそもニグは蜘蛛であるからこそ肩にしがみつかれていても気にならず、そしてある程度の愛らしさを感じるのであって、これが人型になられてしまっては色々と問題が出てきてしまう。

蜘蛛を人型にできる、と言ってしまう大魔王の力は驚嘆《きようたん》に値するものではあるのだが、だからといってそれを実際に見せてほしいとは全く思わないロレンである。

「そんなことされるくらいなら、ここから北までの足を用意してくれた方がよっぽど助かるってもんだが」

なんとか話題を別な方向へ振ろうと試みるロレンであるのだが、フォラスはそれに乗ってこない。

「俺が来るように頼《たの》んで来てもらった客だぞ？　帰りの足を用意するなんか当たり前のことだろうに。明日の朝、またエメリーに北まで送らせる手筈《てはず》は手配済みだ」

「用意がいいな……」

「そんなことよりその蜘蛛をだな……」

「なんでそんなにニグを人型にしたがってんだよ」

テーブル越《ご》しに身を乗り出し、手を伸ばしてきたフォラスからニグを庇いつつ、近づいて来た手を軽く叩いたロレンへ、フォラスは叩かれた手を引っ込めながら不思議そうな表情になる。

「いやお前。そのパーティに癒《いや》しがないだろ」

「陛下？」

「おい、大魔王」

何を言い出すのやらとフォラスの一言にぞっとしたロレンは、さらに続いたラピスとグーラの声音《こわね》に全身を強張《こわば》らせてしまう。

動けないでいるロレンの視界の外で、ゆっくりと二人が立ち上がる気配がし、そちらを見ることができないロレンはフォラスの反応で二人がどんな表情をし、どんな目でフォラスを見ているのか予想することしかできない。

「癒しがない、とはどういう意味なのかお聞かせ願えますか陛下？」

「返答次第《しだい》じゃどないなるか、分かっとんのやろうな？」

ボキボキと拳《こぶし》の関節を鳴らす音まで耳に届いてくれば、どうやら二人はフォラスの返答次第ではただで済ませる気がないらしいということはロレンにも分かるのだが、相手はその辺のチンピラではなく大魔王である。

いくらなんでも相手が悪すぎると思うロレンの目の前で、余裕《よゆう》たっぷりな動作でフォラスがその場に立ち上がった。

「どうなる、とはどういう意味か？　お前達《たち》こそ状況《じょうきょう》が分かっているのだろうな。俺は大魔王であり、この場にいるメイド達は全て俺の配下。お前達には万に一つの勝ち目もないのだぞ？」

「すみません陛下。この件に関しましては私どもは不干渉ということで」

威圧《いあつ》を言葉に込めながらラピス達に言い放つ大魔王の傍らで、メイドの一人が小さく手を挙げながらそんなことを言い出した。

思わずうろたえながら、フォラスは澄《す》ました顔のメイドへと問いかける。

「それはどういう意味だ？」

「今の会話は陛下の方に非があるかと。ですが私どもは陛下の下僕《げぼく》。心情的にお前は癒しではないといわれたラピス様に加勢したい気持ちがあるのですが、そこをぐっと堪《こら》えまして不干渉ということで」

言われてフォラスが周囲を見回すと、壁際で控《ひか》えているメイド達が一様に頷くのが見えて、どうやらこの場に今のやり取りを擁護《ようご》してくれそうな存在が一人としていないことをフォラスは悟った。

どうしたものかと思案顔になったフォラスだったのだが、すぐに何かしらろくでもないことを思いついた表情を見せると、にやりとした笑いをロレンの方へと向けてくる。

次に来るであろう言葉をロレンは必死に予想し、この状況下において確実に自分を窮地《きゅうち》に陥《おとしい》れるであろうフォラスからの質問に思い当たったロレンはフォラスが口を開きかけたのをみた瞬間《しゅんかん》に次に自分が言うべき言葉を考えた。

「ならば本人に聞くのが最も確実であろう。どうだロレン、この魔王の娘《むすめ》やよく分からん奴《やつ》はお前の癒し足りえるか？」

「言うまでもねぇことだ」

間を置くことなく、さらりと口から出てきた言葉にロレンは安堵《あんど》を覚えていたのだが、その言葉を聞いたフォラスやラピス、グーラ達は一様にロレンの顔を見ながらどう行動したものかと思案し始める事態となった。

何せロレンが発した言葉は、否定とも肯定《こうてい》とも、どちらとも取れる言い回しであり、この一言だけではロレンがどう思っているのか判断することは難しい。

しかしながら、そこから更に突っ込んでロレンの意図を問いただした場合、何が起きるのかを考えればフォラスもラピス達も簡単にそこへ踏み込むことができなかった。

何せロレンが肯定的《こうていてき》な意見を述べれば、そら見たことかとラピス達が勢いづき、メイド達はラピス達に加勢するはずでフォラスの立場が非常に悪いものになってしまう。

逆にロレンが否定的な意見を述べれば、フォラスの方が立場を強いものとするのだが、その先に待っているのはおそらく逆上したラピス達との荒事《あらごと》であるはずであった。

ラピス達は否定的な意見を口にされるのが怖《こわ》く、フォラスとしては肯定されてしまえば立場がないという状況で、ロレンの言葉の真意を問いただすことがいかに難しいことであるのかは見守るメイド達にもよく分かる話である。

だからこそ、非常に曖昧《あいまい》でありながら大魔王の質問に対してきちんと答えを返してみせたロレンに、メイドの内の何人かは賞賛の眼差《まなざ》しを送っていたのだった。

「そ、そうか。まぁこの件はここまでとしようじゃないか。異論あるまい？」

「え、えぇ。そうですね陛下。私達の方に異論はございません」

事態をはっきりとさせないことで、うやむやのうちに話を終わらせてしまおうとするフォラスに、ラピス達は乗っかることに決めたようで愛想笑《あいそわら》いなどしながらフォラスの言葉を肯定する。

これで話は終わるだろうと自分の答えが導き出した現状に安心しかけたロレンだったが、そうはさせじとばかりにフォラスが混ぜ返した。

「で、褒美の件なのだがな」

「忘れてねぇのか」

「下賜する褒美のことを忘れるようでは王とは言えんからな」

それまでのうろたえっぷりや迷いっぷりが嘘であったかのように堂々とした物言いでそんなことを言うフォラスであるのだが、ロレンからしてみれば忘れてくれていた方が平和な話であり、ありがたみなど欠片《かけら》もない。

それでもなんとか、被害《ひがい》の少ない方向に話を持っていくことはできないだろうかと考えているとフォラスは自分の懐《ふところ》へと手を突っ込み、そこから取り出した物をロレンへと放《ほう》り投《な》げて寄越《よこ》した。

「なんだこりゃ?」

空中でそれを受け取り、ロレンが自分の目の前にかざしたのは一枚の硬貨《こうか》である。

人族の国で流通しているものでないことは、一目で分かった。

銀色に輝《かがや》くそれは、表面に馬に乗る騎士《きし》の絵が精巧《せいこう》に描《えが》かれている。

「魔族の国の硬貨か？」

大陸のあちこちを傭兵《ようへい》として旅していたロレンは、ある程度大陸で流通している硬貨のデザインについての知識はある。

だがその知識の中にない硬貨となれば、あとは魔族領で流通しているものとしか考えられず、ラピスの方にそれをかざして見せてみたのだが、ラピスの答えは否定であった。

「いえ、違《ちが》いますね。これは……なんでしょう？」

ラピスすら首を傾《かし》げてしまうような代物《しろもの》となれば、価値より先に妖《あや》しさを疑ってしまうロレンである。

念《ねん》の為《ため》とばかりにグーラにも見せてみたロレンなのだが、グーラにも分からなかったらしく首を横に振った。

「金じゃねぇってことだけは確かみてぇだな」

人族であるロレンに分からず、魔族であるラピスにも分からず、古代王国期の知識まであるグーラも分からないとなれば少なくとも普通に流通している通貨ではない、ということだけは確かであり、フォラスもそれには頷いてみせる。

「金はやらんと言っただろう。それは金ではないが、貴重なものだ。肌身《はだみ》離《はな》さず持ち歩くといい。きっと助けとなるだろう」

「普通に金でよかったんだけどな？　あんたのとこの借金減らしてくれるだけで、どんだけ俺が助かるか、分からねぇわけじゃねぇだろ？」

「ロレン、一つ教えてやろう」

少しばかり改まった口調でフォラスがそんな切り出し方をした。

何事かとつられるように表情を改めたロレンへ、フォラスは真剣《しんけん》な面持《おもも》ちと口調で話し始める。

「実はな。魔族《まぞく》領に複数いる魔王達《まおうたち》の間では年々とあることが問題とされ始めている」

大魔王とまでは行かなくとも、魔王と呼ばれる存在が問題視することとはいったいなんであろうかと姿勢を正すロレンへ、フォラスは真剣な口調はそのままで言い放った。

「それはな。婿《むこ》、嫁《よめ》問題だ」

「……あ？」

「とかく魔王の娘、息子《むすこ》というのは婿や嫁の貰《もら》い手《て》に困るのだ。その力が卓越《たくえつ》していればいるほどに、相手を探すのが非常に困難となる」

フォラスの言葉に呆気《あっけ》に取られるロレン。

グーラは顔を赤くして俯《うつむ》いてしまったラピスを、可哀想《かわいそう》なものを見る目でじっと見つめている。

「俺は魔族の頂点にして、魔族の未来を憂《うれ》う者だ」

「何が言いてぇってんだ？」

「幸い、人族というのは魔族との間に婚姻《こんいん》が可能な種族だ。能力に関してはともかく、寿《じゅ》命《みょう》に関してはどうとでもする方法があるしな」

「俺の質問に答えてねぇぞ」

少しずつ顔を険しくしながらロレンがかなり低く抑えた声を発すると、フォラスはそんなロレンの険しい視線を真正面から受け止めながら朗《ほが》らかな笑顔《えがお》を見せた。

「そんなわけで、俺がお前の借金を減らすような真似《まね》をすることは、まずない」

「どんなわけだってんだ、おい」

「ちなみにゴールインすれば、全部チャラにしてやろう」

「なんのゴールだ、なんの⁉」

噛《か》み付《つ》くように言うロレンなのだが、フォラスはそれ以上取り合う気がないのかロレンの言葉を聞き流し、それ以降はまともに視線を合わせようともしなかった。

それでもなお食い下がるロレンの様子を見ながら、グーラはついに耳まで赤くなってしまったラピスに淡々とした口調で告げる。

「ええ上司やん」

「……コメントを差《さ》し控《ひか》えさせてください」

なんとかその言葉を搾《しぼ》り出《だ》し、さらに顔を俯かせてしまったラピスにグーラと周囲にいるメイド達の生温かい視線が集中したのは言うまでもないことであった。

第四章　起床から北上する

普通《ふつう》の人間が聞けば、到底《とうてい》心休まることなどないであろう大魔王との会食は、多少空気が悪くなったり妙《みょう》な雰囲気になったりはしたものの、ロレンからしてみればそれなりにつつがなく進み、解放されたロレン達には一人につき一部屋ずつの割り当てがされた。

大魔王城に一泊《ぱく》したことのある人間というのは、自分以外にはいないのだろうなというおかしな感慨《かんがい》に浸《ひた》りつつ、ロレンはあてがわれた部屋へと入るとベッドの上に倒《たお》れ込むようにして即座に眠《ねむ》りに就《つ》いたのである。

そして翌日。

部屋の窓から差し込む日の光に、目を覚ましたロレンはうっすらと目を開きながら部屋の中の気配が眠りに就く前と比べて変わっていることに気がついてベッドの中で身じろぎした。

上に掛《か》けられている布団《ふとん》は、ロレンにはどんなものなのかさっぱり理解することができなかったのだが、おそらく相当に高級な代物であるようで、酷く軽く快適な物だったのだが、目を覚ましてみればやたらと重みを感じる。

身じろぎしてみれば、結構な広さがあったはずのベッドの上はまともに動くこともできないくらいに窮屈《きゅうくつ》になっており、しかもなぜだか自分が動こうとするたびに何かむずがるような声が耳に届く。

これは何も起きていないわけがないと、眠気《ねむけ》の残る目を無理やり開き、体を起こそうとしたロレンは自分の顔を覗《のぞ》き込むようにしている上下逆さまに見える紫色《むらさきいろ》の瞳《ひとみ》をした少女の顔に気が付いて思わず上げかけていた頭をベッドの上へと戻《もど》してしまった。

「おはようございますロレン様。お目覚めのご気分はいかがですか？」

にっこりと笑う少女の顔はロレンの記憶《きおく》の中では見覚えのないものだった。

なんとなくではあるのだが、昨晩の大魔王との会食の時に壁際に控えていたメイド達の中にそんな顔があったような気がしないこともないのだが、間違《まちが》いなくいたとは言い切れない。

そんなことよりも、何故《なぜ》ベッドで寝《ね》ている自分の顔を覗き込むように、上下逆さまになっている少女の顔が目の前にあるのかということに考えが及《およ》べば、ロレンは自分の後頭部を支えているものが枕《まくら》ではなく、もっと張りと弾力性《だんりょくせい》に富んだものであることに気が付いて、おそるおそる尋《たず》ねてみた。

「まさかとは思うんだがよ。一晩中膝枕《ひざまくら》してたわけじゃねぇよな？」

「それに近い時間くらいでしょうか」

言われてロレンは左右へ視線を巡《めぐ》らせる。

身じろぎも満足にできないくらいに窮屈である理由はすぐに見て取れた。

あろうことかロレンの左右にはメイド服姿の少女が一人ずつ、ロレンの体に寄り添《よそ》うようにして眠っていたのである。

もしやと思って頭を少し上げて、視線を自分の胸の辺りに向けてみれば、ご丁寧《ていねい》にそこにもうつぶせの姿勢で幸せそうな寝顔《ねがお》を晒《さら》しているメイドの少女が一人。

計四人の少女に囲まれるような状況になっていることを理解したロレンは、再び頭を膝枕をしていたらしい少女の太ももの間へと落とす。

ロレンの頭に対して縦になるように正座している少女の膝枕は頭の座《すわ》りも良く、しかも後頭部に伝わってくる感触《かんしょく》もなかなかのもので、思わず二度寝《にどね》しかけそうになるロレンではあったのだが、そこをぐっと堪えて意識を保つと、また自分の顔を覗き込み始めた少女に状況の説明を求めることにした。

「何があったってんだ？」

「と、言いますと？」

逆に問い返されて、ロレンは何と言ったものかと思案する。

何せ現在自分がいる場所は魔族領であり、人族の常識が通じない場所だ。

もしかすれば自分が疑問に思っていることが、こちら側では常識的なことであり、聞くまでもないことであるという可能性は否定できず、ロレンが何を不思議がっているのかメイドの少女達には理解できないのかもしれない。

それでも素直《すなお》に尋ねてみるしか、現状取れそうな行動はないのだろうと考えてロレンは改めて口を開いた。

「なんで俺の寝床《ねどこ》にメイドが四人も潜《もぐ》り込んでいやがる?」

「ご不満でしょうか?」

不満かと問われれば、また答えに困るロレンである。

男ならば、不満などあるわけもないと大多数が答えるであろう状況ではあるのだが、では満足なのかと考えればロレンからしてみれば到底満足とは言えない状況でもあったからだ。

「不満というよりぞっとするな」

「あら? それはまたどういう?」

「ひ弱な人族が魔族、しかも大魔王に仕えているような魔族に取り囲まれてんだぞ。状況

的に嬉しいとか考える前に、命の危険をひしひしと感じちまうわ」

見た目からは想像できないのだが、大魔王城《だいまおう》にいるメイド達は少なくとも昨夜ロレンが見た者達に関していえば、その能力は計り知れなく、魔王に匹敵《ひってき》しかねないのではないかとロレンに思わせるほどのものである。

そんな存在が四人も、しかも自分が寝ている間に自分に気が付かれることなく寝床に潜り込んできたという事実は、ロレンからしてみればいつでも殺せる状況に置かれていたということであり、とても嬉しいとか恥《は》ずかしいとか考える余裕はなかった。

「それは少々、勘《かん》ぐりすぎなお考えではないでしょうか？」

微苦笑《びくしょう》を顔に浮《う》かべ、そんなことを言うメイドである。

「じゃあ、なんで魔族が四人も俺のベッドに潜りこんできやがった？」

「それはもう、伽《とぎ》をするためでございます」

メイドが発した言葉を理解するまでに、ロレンは結構長い時間を要した。

そして言葉の内容を理解した後は、何かしら信じられない情報を聞いたというような驚《おどろ》きの表情で、膝枕をしているメイドへ聞き返してしまう。

「伽だと？」

「お情けを頂きに、と言《い》い換《か》えましょうか？」

「いやいや、まて。何もかもが理解できねぇ」

相手は魔族である。

人族を凌駕《りょうが》する能力の持ち主ばかりである彼《かれ》らは当然ながら人族に媚《こび》を売るような真似をする必要は一切《いっさい》ない。

だと言うのにわざわざ伽をしにきたと明言するメイドの行動理由が分からず、混乱しかけたロレンはふと、それを可能にするであろう要素に思い当たって再度尋《たず》ねてみた。

「大魔王の差し金か？」

「答える義務がありません」

「いやお前それ、そうですって言ってるのと同じだからな？」

あの大魔王ならば、このようなことを画策してきたとしてもおかしなことではないのだろうとロレンは思う。

何せ面白《おもしろ》そうだという理由だけで単なる傭兵でしかない人族の自分を大魔王城へと呼びつけるような人物だ。

そんなロレンにもしかしたら魔王に匹敵するかもしれないメイド達をけしかけたら、さらに面白そうだと考えたとしても何も不思議ではない。

「それにしたって四人は多すぎんだろ⁉」

「ロレン様のお好みが分かりませんので、選んで頂こうかと思ったのですが……」

言われてみれば確かに頭の上と自分の左右、そして体の上に乗っかっているメイド達はいずれも顔の整った少女達ではあるのだが、その髪《かみ》の長さや体つきは様々であり、実際どうなのかは別として年《とし》の頃《ころ》も違っており、完全に合致《がっち》することはなかったとしても、それなりに誰《だれ》かの嗜《し》好《こう》には引っかかるような、そんな少女達であった。

「不服じゃねぇのか？　あんたらそれなりの実力者だろ？」

一般的《いっぱんてき》な魔族が、平常時の魔王と同じような気配を帯びているとは考えたくないロレンからしてみれば、大魔王城に勤めているメイド達は魔族の中でもそれなりの実力を持った者達なのだろうと考えている。

そしてそれはロレンの言葉を聞いた少女の顔を見ても、どうやら間違ってはいなかったらしい。

「はい。魔王様方に届くとは思っておりませんが。私達は大魔王城を守る一翼《いちよく》であり、それ相応の力を所持していると自負しております」

「だったら俺みてぇなどこの馬の骨とも分からねぇ人族の伽なんざ、屈辱《くつじょく》でしかねぇだろうが？」

「いえ、それはその。それなりに乗り気だったりしたのですが」

「は？」

何かの聞《き》き間違いだろうかとロレンが思っていると、ロレンとやりとりをしている少女は少々頬《ほお》の辺りを赤らめ、もじもじと体を揺《ゆ》すりだした。

「確かにただの人族であれば、この身に触《ふ》れさせることすら考えないのですが……ロレン様は大魔王陛下が興味を持たれた方。ただの人族とは考えにくいのです」

間違いなく自分はただの人族だと言いたいロレンではあるのだが、メイドの反応を見る限りそれを力説してみせても、ならば大魔王が興味を抱《いだ》くわけがないという一言だけで全《すべ》て耳に届かないままに終わりそうな気がしてロレンは黙《だま》り込んだ。

そんなロレンの反応をどうとったのか、メイドは自分の太ももの上に頭を置いているロレンの頬へ手を触れさせる。

「もっとも、あまり気持ちよく眠っておられましたので、起こすのも酷いかと思い、このような状況になってしまったのですが」

もしも自分が少しでも夜更《よふ》かしをしていれば、この四人の少女達から誘惑《ゆうわく》されていたわけか、と思うとロレンはさっさと眠りに就いた昨夜の自分を褒《ほ》めたい気持ちになる。

肉体的な疲労《ひろう》と精神的な疲れからベッドに横になった途端《とたん》に眠りに落ちたわけなのだが、そんな状態で意識が残っていれば、メイド達の誘惑を撥《は》ね退けることができたかどうか、答えが出せない。

きっと押し切《き》られてしまっていたのだろうなと苦笑《にがわら》いするロレンへ、膝枕をしているメイドは少し顔を近づけて声を潜《ひそ》めて言った。

「今からでも、まだ時間はありますが」

「悪ぃけどな。そんな気持ちにゃならねぇよ」

拒絶《きょぜつ》するロレンの言葉に、メイドはロレンの体の上にうつぶせになっているメイドの肩へ手を伸《の》ばすとそれを軽く揺さぶった。

その動作だけで意識を取《と》り戻したメイドは、ロレンの体の上でうつぶせになったまま何やら布団の上からごそごそとロレンの体をまさぐり始めたのだが、しばらくすると渋《しぶ》い顔を膝枕中のメイドへと向け、首を左右に振る。

「あら？　反応なしですか」

「どこまさぐってやがんだ。恥じらいってもんがねぇのかお前らは」

布団の上からまさぐられたのは、あまり口に出しては言いたくない場所であった。

だからこそロレンは顔を赤くしながらも、膝枕中のメイドに険しい視線を向ける。

「それなりに魅力的《みりょくてき》な者達ばかりだと思っていたのですが」

「そうかもしれねぇがいくら見目が良くっても、片手で俺《おれ》を殺せそうな奴らに反応できるほど、俺の体は見境なくねぇよ」

そう言いながらロレンはふと、以前にいろいろな仕事などで行動を共にしたことのある恩恵持《おんけい》ちの赤毛の青年のことを考えていた。

クラースというその青年ならば、こんな状況下においてもメイド達とねんごろになることが可能だったはずであり、自分にそんなことは真似できないだろうなと考えると自然と口元に苦笑が浮かぶ。

「まぁ好意はありがたく頂いておくからよ、解放してくんねぇかな」

「仕方ありません。残念ですが」

どうやらこれ以上ロレンと会話を続けてみても、自分達が望んだ展開になりそうにないということは膝枕中のメイドにもはっきりと理解できたらしい。

そうと決まればロレンが起床するためには自分達の存在が邪魔《じゃま》にしかならないとそのメイドはすぐさまロレンの左右で眠っている少女達の体を揺り起《お》こすと、ロレンがベッドから出る邪魔にならないようにと素早《すばや》く全員がベッドの上から床《ゆか》へと降り立つのであった。

「お前の婿候補。頭おかしいだろ？」

「陛下、それが遺言《ゆいごん》ということでいいのですか？」

着替《きが》えを終えて、メイド達に付き添われながら大魔王城を進んだロレンが案内されたのは、おそらく食堂であろうと思われる長いテーブルが設《しつら》えられた部屋であった。

テーブルの上には清潔で真っ白なテーブルクロスが敷《し》かれ、その上には朝食というには少しばかり量が多すぎるのではないかと思うくらいの料理がずらりと並べられており、しかもそれが全てではないとばかりにまだまだメイド達が料理を運び続けている。

誰がこれだけの量を消費するのかと、いつもの装備に戻ったロレンが頭をかきながらテーブルの周囲を見回すと、テーブルの端《はし》っこの方で一人黙々《もくもく》と運ばれてきた料理を消費し続けているらしいグーラがロレンに気がついて顔を上げた。

それに対してゆったりとした服装の大魔王と神官服姿のラピスの二人は、グーラからやや離《はな》れた場所で何か言い合っており、ロレンが入室したことには気がついていない。

メイド達が先触《さきぶ》れをしていないのかと訝《いぶか》しがるロレンであるのだが、メイド達は澄ました顔のまま、フォラスに声をかけることもなくロレンの周囲から離れると壁際《かべぎわ》に控えてそこから動かなくなった。

これは黙って事態を見守れということなのだろうかと、グーラの近くの椅子《いす》をそっと引いて腰《こし》を下ろせば、フォラスもラピスもロレンに気がついた様子はなく会話を続けている。

話の内容からして、どうやら昨夜のことを何らかの方法で見ていたのか。

あるいは既《すで》にメイド達から報告を受けた結果のことであるらしく、ロレンは二人の会話に耳を傾《かたむ》ける。

「俺はな、城内に無数にいるメイド達からそれなりに選《えら》び抜いてアイツの寝室《しんしつ》に送り込んでやったんだぞ。だというのにアイツはことに及ばなかったみたいじゃないか。あれ、男か？　男じゃないよな？」

「男性です。それは保証しますが……据《す》え膳《ぜん》に手をつけないくらいの自制と理性があったということで、陛下の思惑《おもわく》通りにならなかったからといって、そこを否定するの止めてもらえますか？」

「いやしかし、魔族の中でも結構とびきりなとこだぞ？　人族の男じゃ指先掠《かす》らせるのも普通なら無理な相手だぞ？　そいつらに抱きつかせて膝枕させて、それでも反応しないいって、あいつ不能じゃないのか？」

どうなんだとばかりにグーラがロレンの顔を見る。

以前にロレンはグーラに迫《せま》られたことがあり、そのときは結構危ないところまでいきかけたのだが、どうにかその場は凌《しの》いでいた。

それを覚えていればフォラスの言う不能というのが、根も葉もないことだということは分かるだろうにと渋い顔になるロレンである。

「言葉に気をつけてくださいよ陛下。これでも残る体のパーツは足だけで、結構元々の力を取り戻してきているんですから。敵《かな》わずとも一矢《いっし》報《むく》いるくらいのことはできるんですからね」

「まてまて。お前に暴れられたら俺はともかく城がもたん。そもそも今回の件はお前のためを思ってやったことなんだぞ」

「私のですか？　それはまたいったいどういうお考えなのです？」

表面上はにこやかに、しかしながら気配としてはぞっとするような雰囲気《ふんいき》を醸《かも》し出していたラピスが、フォラスの一言に不思議そうな表情になると首をかしげる。

不思議に思ったのはロレンも同じであった。

城のメイド達を自分にけしかけるという行為《こうい》が、どこをどう巡ればラピスのためになるというのか、ロレンには想像がつかない。

「分からないか？　まずアイツがことに及んでいれば弱みを握《にぎ》れる」

それはどうなのだろうかとロレンは考える。

確かにラピスに対して後ろめたい気持ちになることは間違いないのであろうが、弱みと言われるほどのことかと言われれば、そうだとは到底思えない。

将来を約束したような仲であったというならば話は変わってくるのかもしれなかったが、内情や気持ちを別にすれば、ロレンとラピスの関係は冒険者《ぼうけんしゃ》仲間であり、借金の貸した側と借りた側という関係でしかないからだ。

「それをネタにしてロレンさんを脅《おど》すというのは、少々無理があるように思えます。何せ相手がここのメイド達であるということは陛下の差し金であるのは明白なわけですし」

大魔王の策略であった、というのは言い訳のネタとしてはかなり強いとラピスは思う。

少なくとも人族が大魔王に抵抗《ていこう》するというのは無理な話であり、その大魔王の策略だと分かっていれば、下手にそれを見破って行動するのは大魔王の機嫌《きげん》を損《そこ》ねることになりかねないからだ。

そこまで考えが及べば、分かっていても乗らざるを得ない状況というものが導き出され、ラピスとしても理解を示さざるを得なくなってしまう。

「もちろん、それだけじゃない。俺が何故わざわざ、タイプの違うメイドを奴の寝室に忍《しの》び込ませたと思っている」

「それは……ロレンさんの好みの女性というのが分からなかったから、ではないです？」

「そう、まさにそれが俺の狙《ねら》っていたことだ」

ドヤ顔でそう言い放つフォラスであるのだが、ラピスはフォラスが何を言いたいのかまだ理解できなかったようで、しきりに首を左右に傾げている。

ロレンもフォラスが何を言おうとしているのか分からなかったのだが、相変わらず黙々と食事を続けているグーラは、フォラスの意図が分かったらしく、頭の上に疑問符《ぎもんふ》を浮かべているロレンを軽く手招きして注意を引く。

「えぇか？　ここに果物が四つあるやろ」

ロレンの視線が自分の方を向いたのを見てから、グーラは自分の前にある皿の上に並んでいるサラダの中から適当にフォークで果物を四切れ突《つ》き刺《さ》して並べてみせた。

「どれが好みかと問われたら、うちは一つを選んで口に運ぶわけやな」

グーラは手にしたフォークで並べたばかりの果物の中から一つを選び出すと、それを突き刺して口へ放り込んだ。

「そうすると、うちの好みってもんがここで分かるわけやろ？　そうすりゃ料理を作る側はうちの好みのデザートを作ろうと考えたら、今うちが食べた果物を中心に考えれば、大体うちの好みから外れないデザートが作れるわけや」

「つまり？　それがなんだってんだ？」

「つまり、今回ロレンの寝室に忍び込んだメイドのうち、誰がどのくらい手をつけられたかを後で調べれば、おのずとロレンの女性の好みが分かるってわけやろ？　ほな、ラピスちゃんがロレンとねんごろになるためには、その好みに合わせていけば大外れはしないってわけや」

「そう！　それこそが今回の俺の目的。俺の配下たる魔王の、その娘の婿探しがスムーズに進むために、必要な情報の収集！　それを狙った計画であったというのにあのヘタレは手も出さず……」

グーラの言葉にわが意を得たりとばかりに声を高くしたフォラスは、そのグーラの近くで冷たい目線で自分のことを見ているロレンの存在に気がつき、途中《とちゅう》で言葉を止めた。

そんなフォラスの反応に、何事かあったのかその視線を追いかけたラピスもそこで初めてロレンの存在に気がついたらしく、挨拶《あいさつ》をしようとでもしたのか慌《あわ》てて椅子《いす》から立ち上がり、勢い余って背後へ転がりかけて目にも留《と》まらぬ速さでフォローに回ったメイド達に受け止められ難を逃《のが》れる。

「よ、よう。よく眠れたか？」

片手を挙げて、気さくな感じで話しかけてくるフォラスにロレンはどう反応したものかと考える。

何も聞かなかったことにして、普通に対応するのか。

あるいは大魔王の策略に対して、責める、もしくは礼を述べるというような対応が考えられはしたのだが、そのうちどれがこの場を問題なく納められるだろうかと、考えを巡らせたロレンはやはり、素知らぬ風を装うのが無難であろうと考える。

「疲《つか》れてたようでな。夢も見ねぇほど眠りこけちまってたよ」

「そうか。それは残念だったな。起きていればもっと俺の城を堪能《かんのう》できたかもしれんのにな」

言外に、だからメイド達に手を出さなかったんだと言い訳するような雰囲気を滲《にじ》ませれば、それは残念だったなとフォラスに応じられ、笑うわけにもいかずにロレンは怖い顔で自分の方を見ているラピスにそっと肩《かた》をすくめてみせた。

「人族の身ならばそれもまた仕方のないことかもしれんな。次の機会を待とう」

「陛下。何を口走っていますか何を」

まだ何かやる気なのかと、露骨《ろこつ》に嫌《いや》そうな顔を見せるロレン。

それに気がつかないようにいいことを言ったとばかりに胸を張るフォラスへ、ラピスが力なく突っ込みを入れる。

そんな三者三様の光景を、グーラは相変わらずの速度で料理を消費しながら眺《なが》めていたのだが、このままではまともに話が進みそうにないとでも思ったのか、メイドが用意したナプキンで口元を拭《ぬぐ》いつつ、会話の主導権を握ろうと会話に割り込んだ。

「ほんで大魔王。北へ行く足は用意してくれるって話やったよな？」

「無論だ。準備が整えばすぐにでも送らせよう。もっとも俺としては人族の争いごとなどどうでもいいことなのだがな」

実の所、日数的な余裕《よゆう》はかなりある旅路ではあった。

何せカッファの街を出たであろう冒険者達《ぼうけんしゃたち》は、特殊《とくしゅ》な便で運ばれてはいるものの、目的地である北の戦場までは十日近くかかることになっているからだ。

大魔王城に寄り道している口レン達《たち》ではあるのだが、移動速度が早過ぎて、まだ出発してから一日しか経過していないのである。

ここで大魔王城からエンシェントドラゴンであるエメリーの背に乗って北の戦場を目指せば、圧倒的《あっとうてき》に早く目的地に着いてしまう。

「山岳《さんがく》地帯を抜《ぬ》けたら徒歩ですから、そこからの速度がちょっと落ちますけどね」

馬車はエメリーに乗るときにカッファの街へ帰してしまっている。

大魔王城に馬車がないわけではないのだが、北側の境界線までエメリーの背に乗るのであれば馬車を運ぶ方法がなく、山岳地帯を越《こ》えてしまえば戦場までは徒歩で向かうしかない。

「間に合うのかよ？」

「地図が正しければ二日ほど歩けば着くと思いますよ」

馬車がなければ荷物は自分で抱《かか》えて歩けるものだけに限られる。

カッファの街を出るときに準備してある分で足りるだろうかと思うロレンだったが、その不安はすぐにフォラスが払拭《ふっしょく》してくれた。

「荷物はこちらで改めて、駄目《だめ》になっているものは廃棄《はいき》、補充《ほじゅう》しておこう」

「そりゃ助かる。そういう助けなら歓迎《かんげい》だ」

「ただ、食料と水の類《たぐい》は目的地に着く前に使いきれよ」

妙な注文にどういうことかとロレンが問えば、今回フォラスはロレン達のために魔族の技術によって作られたものを用意するのだという答えが返ってきた。

人族のそれより進んだものを持っている魔族は、食料や水の保存に関しても同じことが言えたのだが、見る者が見ればそれは人族の技術ではないことが分かってしまうようなものであり、それらの品々の出所を質問されればロレン達の立場は非常に困ったものになりかねない。

「最悪、通りすがりの親切な旅人にもらった、とでも言えばいいんだがな」

「通るか、そんな説明？」

「ないことではないからな。何せラピスのように人族の世界を歩く魔族は多いとは言わないが、それなりの数がいる」

それらの魔族は当たり前ではあるが、魔族としての本性《ほんしょう》を隠《かく》しながら旅を続けており、困っている者と遭遇《そうぐう》した場合に、物資などを都合するということは稀《まれ》にあることなのだとフォラスは語った。

それらの品々は出所不明の物として扱《あつか》われ、話によっては大陸のどこかに非常に進んだ技術を持つ者達の隠れ里《ざと》があるのでは、という言われ方をしたりしているらしい。

「あながち間違いじゃねぇよな。魔族領全体が隠れ里みてぇなもんだし」

「なるほど、確かにな。よし、次からはそういう線で誤魔化《ごまか》すように通達しておくか」

名案だとばかりにぽんと手を打つフォラスであるのだが、ロレンは自分の言葉がフォラスに採用されたことよりも、大魔王であるフォラスが人族の領域を旅している魔族達に連《れん》絡《らく》をつける方法があるらしいということに驚く。

「この大陸ってよ。お前達が本気になったら、明日にでも支配者が変わるんじゃねぇか」

「不可能ではない、とだけお答えしておきましょうか」

声に緊張《きんちょう》感を含《ふく》ませつつロレンがラピスに問いかけると、ラピスはなんでもないことのような顔と表情でそう答えてみせる。

人族の知らないところで、結構簡単に世界の危機というものは起きかねないのだなとロレンは椅子の背もたれに体を預けたまま、言葉を失ったのであった。

「荷物と足の準備が整いました。ご出立なさいますか？」

なんとも微妙《びみょう》な空気が流れ始めた部屋からロレンを救い出したのは、出発の準備が整ったことを知らせに来たメイドの一言であった。

既に身支度《みじたく》は整えているロレン達は、すぐにでも出発できる状態であるので、これ以上大魔王城に滞在《たいざい》することもないだろうと大魔王に暇《いとま》を告げてその場を後にすることにしたのである。

「ラピスよ、吉報《きっぽう》を待っているぞ」

「陛下、そろそろその口を閉じてくださると、なけなしの忠誠心がこれ以上削《けず》られずに済むと思うのですが？」

見送る大魔王をなるべく視界に入れないようにしつつ、引《ひ》き攣《つ》った笑いを顔に浮かべているラピスを引きずるようにしてメイドの案内について行ったロレンは、広大な大魔王城の中を結構な距離《きょり》、歩かされた後に出口の一つから外へと出ることができた。

「大魔王城に足を踏《ふ》み入《い》れて、無事に出てきた人族って俺くらいじゃねぇのか？」

「普通は足を踏み入れる前に処理されてしまいますからね」

そんな物騒《ぶっそう》な会話を繰《く》り広《ひろ》げているロレン達を出迎《でむか》えたのは、大魔王城へ来るときにも世話になったエンシェントドラゴンのエメリーであった。

「待っていたぞ。さぁさっさと背中に乗れ」

伏《ふ》せの状態で待っていたエメリーがそう言いながらロレン達を急《せ》かすのだが、ロレンはすぐにはエメリーの背中によじ登ろうとはせずに、半眼でエメリーの顔を見上げている。

その視線の意味が分からずに思わずロレンと視線を合わせてしまったエメリーは、やや恨《うら》みが籠《こも》ったように聞こえるロレンの一言に、わずかに体を強張《こわば》らせた。

「それよりも、先に何か一つ言うことはねぇのかよ」

ロレンがそんなことを口にしたのは、エメリーがロレン達を大魔王の入浴中にその目の前に放《ほう》り出したことに由来していた。

大魔王自身はエメリーに責を問わないとは言っていたものの、いきなり湯の中に放り出された挙句に大魔王などという存在と遭遇することになってしまったロレンとしては恨み言の一つもぶつけてやらなければ気が済まず、詫《わ》びの一言くらいはあってもいいだろうと考えている。

「サプライズとしては、かなりいい線だったと思うのだが？」

「下手すりゃ死んでたけどな」

「エンシェントドラゴンの背中に乗せられ、大魔王と会うのだ。それくらいのハプニングはあって然《しか》るべきではないだろうか？」

「それが答えってことでいいんだな？」

胸の前で腕《うで》を組み、じっと自分を見上げているロレンと視線を合わせ続けていたエメリーはしばし考え込んだかと思うと、やがてそっとわずかにではあったが頭を下げてみせる。

「悪ふざけが過ぎた。すまなかった」

「次から気を付けてくれ。ドラゴンの基準で物を考えられちゃこっちの身がもたねぇ」

エメリーが謝罪の言葉を口にした時点で、ロレンはエメリーを睨《にら》みつけるのをやめてがしがしと髪を掻《か》きむしった。

その背後ではラピスとグーラがひそひそと言葉を交《か》わしている。

「ドラゴンが謝《あやま》りよったな」

「たぶん、多少やりすぎたなって思う気持ちがあったんでしょう。ここで力押《ちからお》ししてこないところがドラゴンにはまともな知性があるという証拠《しょうこ》なんだと思います」

「謝るくらいやったら最初からやらんでおけばえぇのに」

「そこはほら、その場の勢いと言いますか」

「後ろの二人。聞こえるように言うのは止めて欲《ほ》しいものだ。確かにその通りなのだから
こうして謝っているのではないか」

ドラゴンが表情というよりは雰囲気で、ばつの悪そうな顔をするという珍《めずら》しい光景を目《ま》
の当《あ》たりにしてラピスとグーラはそれ以上、その件について話すことを止める。

エメリーは咳払《せきばら》いのようなものを一つしてから、改めてロレン達に語りかけてきた。

「さぁ背中に乗るがいい。魔族《まぞく》領を抜ける場所まで連れて行ってやろう」

「ちなみに、今回の件であんたの借金とやら、どれくらい減るん?」

エメリーに促《うなが》されて、先に背中へと身軽に登って見せたロレンが続いて登ろうとしてい
るラピスに手を貸してやっているのを眺めながら、グーラがエメリーに問いかける。

問われたエメリーは自分の背中によじ登るロレンやラピスの様子を見ていたのだが、グ
ーラのその言葉を聞くと途端にふいっと顔を背《そむ》けて明後日の方向を向いた。

「言えへんの?」

「言いたくはない。それは私のプライドに関係する話だからな」

プライド、などという非常に曖昧《あいまい》な代物《しろもの》を引き合いに出されグーラの顔が訝しげになったのだが、エメリーの背中の上からロレンが手を差《さ》し伸べてきたのを見て思考が中断する。

別段ロレンに引き上げてもらわなくとも、エメリーの背中くらいならばよじ登れるグーラではあるのだが、よくよく考えてみればラピスもまたグーラと同じくらいの身体能力はあるはずであり、ロレンの補助は必要なかったと思われた。

それでもロレンの手を握り、エメリーの背中の上まで引き上げてもらっていたことを考えれば自分もそうしてもらうべきだろうとグーラは素直にロレンの手を取る。

「あんまりいじめてやんなよ」

グーラの手を握り、その体を引き上げてやりながらロレンはグーラにそう言った。

何のことかとグーラが首を傾《かし》げれば、先にエメリーの背中に腰かけていたラピスが補足するように言葉を続ける。

「ドラゴンは普通、誰かを背中に乗せたりはしません。それが借金を減らしてもらう代わりに私達を背中に乗せてくれているわけです。そこに借金の減額分を聞いてしまったら、その金額がエメリーさんのプライドとやらの値段だ、ということになってしまいますでしょう？」

「その通りなのだが……背中の上でそういう会話は止めてもらえるか？」

どこか力なくエメリーがロレン達に告げれば、ロレン達はお互《たが》いに目配せし、その話題についてそれ以上触れることを止める。

なにせこれから自分達を運んでくれる相手であり、その機嫌を損ねれば、また大魔王城へ自分達を放り投《な》げたようなことをされかねないという危険性もあったのだが、それよりも懇願《こんがん》するような響《ひび》きを帯びたエメリーの声が少々哀《あわ》れに感じられたというのが大きかった。

「それでは皆様《みなさま》、道中お気をつけて。またのお越《こ》しをお待ちしております」

そんな別れの言葉を口にしたメイドに見送られて、エメリーはゆっくりとその場から空へと飛び上がる。

体を襲《おそ》う浮遊《ふゆう》感のようなものは、やはり慣れないものだと思いながらもロレンは頭上を見上げて手を振《ふ》るメイドへ、軽く手を振《ふ》りかえして別れを告げた。

「なんかロレンって、メイド達の受けがえらいよかったんちゃう?」

「私の男性を見る目が確かである、という証拠ですね」

「物珍《ものめずら》しさだけじゃねぇのか？　あとラピス、そういう言葉は俺のいねぇとこで言え」

そんな会話を交わしながらロレン達は空の旅という珍しい体験を楽しむ。

途中、いくつかの魔族の街の上空を通過したのだが、人族の街ならばその上空をエンシェントドラゴンが通過しようものならば、蜂《はち》の巣を突《つつ》いたような大騒《おおさわ》ぎになること間違《まちが》いなしだというのに、上空から見る限りはほとんどなんの騒《さわ》ぎも起きないことをロレンは不思議に感じていた。

「魔族にとっちゃエンシェントドラゴンってのは脅威《きょうい》にならねぇのか？」

「話が通じますし、無意味に街を襲うほどエンシェントドラゴンというのは無分別な存在ではないと分かっていますし」

「普通《ふつう》のドラゴンは？」

「十匹《ぴき》も飛んで来れば脅威かもしれませんが、一匹二匹程度なら、明日のご飯が豪華《ごうか》になるだけですね」

これが人族の国や街ならば、普通のドラゴンが一匹飛んできただけで滅亡《めつぼう》、あるいは多大な被害《ひがい》を覚悟《かくご》しなければならない事態である。

それほどまでにドラゴンというのは強大な存在であるはずなのだが、それをさらりと答えるラピスの言葉に、ロレンは改めて魔族という存在は自分達など及《およ》びもつかないほどに強力な存在なのだなという認識《にんしき》を新たにしたのであった。

そうこうしている間にもエメリーは順調に飛行を続け、腹の空き具合からしてそろそろ昼時だろうかとロレンが考え出した辺りで、魔族の領域とその他の種族の領域を隔《へだ》てている山岳地帯へと到着《とうちゃく》。

高い山々が連なるその地帯を軽々と飛《と》び越えてみせたエメリーはやがて山岳地帯の人族の領域側にある森の端にその体を着陸させた。

「来る時より少しゆっくり飛んだんじゃねぇか？」

「その方が景色などを楽しめるだろうと思ったからな。時間に余裕はあるのだろう？」

目的地である帝国《ていこく》まではラピスの見立てでは山岳地帯の切れ目からさらに徒歩で二日ほど北上する必要があるはずであった。

しかしその二日を計算に入れても、ロレン達が帝国に到着する頃にはカッファの街を出ているはずの面々はいまだに帝国領《ていこくりょう》に着いていないはずである。

あまり早く到着しても、いったいどうやってそんな短期間で着くことができたのかと怪《あや》しまれるばかりのはずで、時間的余裕はありあまるほどあるといった状況《じょうきょう》であった。

「気を付けて行くといい。北は不穏《ふおん》な気配がある。それでは縁《えん》があればまた会おう」

ロレン達を地面へと下ろすと、エメリーはそう別れの言葉を告げてまた空高く舞《ま》い上《あ》がると魔族領の方へと飛び去って行った。

その姿が小さくなり、山の彼方《かなた》へ見えなくなるまで見送ってからロレン達は荷物を背負い直し、周囲の状況を確認《かくにん》すると北へと向かって歩き始める。

「急げば二日ほどで到着すると思いますが、少しゆっくり移動しましょうか」

大魔王城から持たされている食料や水などはグーラの暴食を考えなければ数日で消費するには十分すぎる量であった。

帝国と王国が戦争をしているという状況を考えるならば、多少早く目的地に着いた方がいいのではないか、という考えがなかったわけではないのだが、ロレンはラピスの提案に賛成してしまう。

「寄り道で寄った場所が悪すぎた。一旦《いったん》どこかで落ち着いて休みてぇ」

「そうですね。それにここから先は私達がいたカッファとはかなり気候も違《ちが》いますから、少し慣れておいた方がいいかもしれないですし」

言われてロレンは肌《はだ》を撫《な》でる風の質が、確かにカッファにいた頃に感じていたものとは異なっていることに気が付いた。

「空気が少し乾《かわ》いて……ちっとばかり気温が低いか？」

「肌寒《はださむ》いというほどではないでしょうが、カッファに比べればずっと北方ですし、これからさらに北上するわけですから、そうなるでしょうね」

大陸最北端《さいほくたん》まで到達《とうたつ》すると、そこは溶《と》けることのない氷に覆《おお》われた土地である、とロレンは聞かされたことがある。

他の地域は多少なりとも気温の変化などがあるのだが、北方に関してはいついかなる時においても氷が解ける温度に到達することがない気候であるらしい。

その北方へと近づいて行こうとしているのだから、当然ながら気温は徐々《じょじょ》に低くなり、大気は乾いて体から水分を奪《うば》っていくようになる。

「どこか情報収集も兼《か》ねてゆっくりできる宿場町みたいなものがあると嬉《うれ》しいですよね。あ、支払《しはら》いの方は私に任せてくれて大丈夫《だいじょうぶ》ですよ」

「今更《いまさら》銀貨十数枚程度の借金が増えても、気にならねぇけどな……」

それでも支払いをラピスに任せてしまうというのはどうなのだろうかと思ってしまうロレンであるのだが、自分が支払おうにも懐《ふところ》に三人分の宿代などあるわけもない。

「ご飯が美味《おい》しいと嬉しいんやけどなぁ」

「北方で美味しい料理って何でしたでしょう？　戦場では食事に期待はできないですから事前にちょっと美味しい物を口にしておきたいですね」

歩きながら軽い感じでグーラとラピスがそんなことを言う。

これから戦場に行くとは到底《とうてい》思えない軽い雰囲気ではあるのだが、二人の素性《すじょう》を考えれば気負うほどのこともないのかもしれないと思えば気を引き締《し》めろと注意する気にもならず、ロレンは寒さからなのか肩にしがみついていたニグがもそもそと襟首《えりくび》の辺りからジャケットの内側に潜《もぐ》り込もうとしているのに気が付くと、潜りやすくしてやるために襟元《えりもと》を軽くゆるめてやるのだった。

第五章　酒場から増員する

エメリーと別れ、北へと歩き出したロレン達は幸運なことに、日が暮れる少し前くらいの時間帯に街道《かいどう》沿いにある宿場町へと到着することができた。

カッファのある地域に比べると、少しばかり気温が低く感じるこの北の地域は、日が落ちるとさらにそれが顕著《けんちょ》に感じられ、夕暮れ時辺りからこの分では少しばかり野宿は辛《つら》いことになりそうだと心配していたロレンとしては、天井《てんじょう》や壁《かべ》のある場所で眠《ねむ》ることができるというのは非常に幸運なことだと思える。

さらに幸運なことに、その宿場町にはロレン達を喜ばせる施設《しせつ》が存在していた。

「温泉があるんですか？」

折角《せっかく》宿場町に到着したというのに、泊《と》まる部屋がなくては意味がないだろうと、すぐさま宿を決めて部屋を取ろうとしたラピスの声が弾《はず》むのを聞いてロレンは宿の施設を説明している店員の顔を見る。

嬉しそうなラピスに対してにこにこと愛想《あいそ》のいい笑顔《えがお》で応対していた女性の店員は、ラピスの問いかけに深々と頷《うなず》いてみせた。

「近くに源泉がありましてね。そこからお湯を引いているんですよ。大浴場なのと、宿賃に少しばかり追加を頂くことになりますが、お湯は豊富ですし、入り放題となっておりますよ」

「おいくらですか？　おいくらでもお支払いしますけど」

温泉に入らないという選択肢《せんたくし》は最初から存在していないとばかりに食いついたラピスに、店員が金額や入浴に関する注意事項《じこう》などを説明し出すのを聞きながらロレンは店内へちらりと視線を走らせる。

ロレン達が入った宿も、大概《たいがい》の宿と同様の造りになっており、一階は受付のカウンターと酒場と食堂が合わさったような造りで、二階より上が宿泊客《しゆくはくきやく》用の部屋となっていた。

その一階のフロアには、時間帯のせいもあるのか夕食を摂《と》っている客の姿でごった返すような感じになっているのだが、それらの客の姿を見たロレンは嬉しそうなラピスとは反対に少しばかり気が重くなるのを感じる。

「顔が浮《う》かないけど、どないしたん？　まさか今からラピスちゃんの入浴を覗《のぞ》くこととか考えたりしてるのと違うやろね？」

こそっと囁《ささや》いてきたグーラの言葉にロレンはさらに盛大に顔をしかめた。

「俺《おれ》はまだ死にたくねぇ」

「いやそこまでは……いかんのと違うかなぁ？」

「命の危険がなくたって、覗きなんかにゃいかねぇから安心しろよ」

「うちは別に心配なんぞしとらんのやけど。せやったら何か気になるん？」

問われたロレンは軽く店内の方を顎《あご》でしゃくってみせた。

それに促されるようにして店内へと目をやったグーラは、ロレンが何を言いたいのか分からないとばかりに首を傾げる。

「これがどないしたん？」

「ガラの悪ぃのが多いだろ」

ロレンに言われて改めて店内を見回してみるグーラであるのだが、しばらくじっとそちらを見つめてから、視線をロレンの顔へと戻《もど》すともう一度こてんと首を傾げる。

「せやろか？」

「お前らからすりゃそうでもねぇのかもな」

何せラピスは魔族であり、グーラは邪神《じゃしん》と呼ばれていた存在である。

彼女達《かのじょたち》にかかれば、ちょっとばかり柄《がら》の悪い人間などは可愛《かわい》いものでしかないのかもしれないと思うロレンなのだが、そういった事情はロレンにとっては分かりきっている事実であるのだが、他人からすればまるで分からない情報であった。

その証拠のように店内から、宿の手配をしているロレン達へと向けられている視線の中にはあからさまによからぬ感情を抱《いだ》いているであろうと分かってしまうものが少なくない数存在しており、それがロレンの気分を憂鬱《ゆううつ》にしている。

「戦争ってのはよくも悪くも人を集めるからな。集まった奴《やつ》の中にゃ、ちっとばかり手癖《てくせ》やら行いの悪ぃのが含まれてるもんだ」

「油断するなってことかいな？　せやけどうちら相手に手ぇ出す奴おるやろか？」

「そりゃ中身が分かってりゃ、手を出す馬鹿《ばか》もいねぇだろうよ」

ここが頭の痛いところだとロレンは思う。

事情を知っている者ならば、流石《さすが》にラピスやグーラを何らかのよからぬ目的の対象としようとは全く思わないはずであった。

だがここには、その事情とやらを知っている者はいない。

ある程度以上の技量を持つ者ならば、ラピスやグーラの秘《ひ》めた実力をなんとなくにでも察することができるのかもしれなかったが、そうでない者からしてみればラピスもグーラも見目麗《うるわ》しい少女としか見えないはずなのである。

そして、そういったよからぬ行動に出る者は大概が相手側の事情や実力を察することとなく、自らの欲望に忠実に行動する程度の者が多い。

「俺が一緒《いっしょ》にいりゃ、おいそれと手を出す奴もいねぇんだろうが……それも場所によりけりってやつだからな」

ラピス達が見目麗しい少女にしか見えないのだとすれば、ロレンは見るからに手強《てごわ》そうな剣士《けんし》の姿をしていた。

実力の程《ほど》までは分からないとしても、人並みはずれた体とそれに見合った装備をしている自分が一緒にいる間は大丈夫だろうと思うロレンなのだが、そのロレンとてついていけない場所というものが存在している。

「ざっと見たところじゃ、ここの町はそれほどの規模じゃねぇ。遊び場みてぇなもんもねえだろうから、娯楽《ごらく》にゃ飢《う》えるだろ」

「世の中には不幸な人ってのがおるんやねぇ」

しみじみとした口調でグーラがそんなことを言うが、それについてはロレンも同意するところであった。

中身を知ることなくラピス達に下手な手の出し方をすれば、確実にロレンに殴《なぐ》られていた方がずっとましだったという目に遭うことはほぼ間違いがない。

「お前らちょっと素《す》を出して威圧《いあつ》すりゃいいんじゃねぇか？　そうすりゃ手を出す奴もい

なくなんだろ」

ふと思いついた考えが非常にいい考えのように思えてロレンはグーラにそんな提案をしてみたのであるが、その言葉に今度はグーラが顔をしかめた。

「何か問題あるか？」

「店の人が怯《おび》えたら、うちら泊まれなくなるんやないかな？」

邪神と魔族の威圧である。

一般的《いっぱんてき》な人族がそんなものを浴びせられてしまえば、どのような惨事《さんじ》になるか分かったものではない。

ある程度耐性《たいせい》があるだろう、荒事《あらごと》を生業にしている者達はそれほどでもないかもしれないが、グーラの言う通りに店員達を怯えさせてしまえば宿に泊まれなくなるという危険性があって、ロレンは自分の考えを引っ込めることにした。

「宿自体が消滅《しょうめつ》しねぇといいな」

「別にまだ、ちょっかいかけてくるって決まったわけやないやろ？」

「悪い予感ってのは、大体悪い方に当たるのが現実ってやつだ」

「なんの話です？」

どうやら店員とのやり取りを終えたらしいラピスが部屋の鍵《かぎ》を一本、手に持ちながらロレンとグーラの会話に割り込みつつ、二人の顔をきょとんとした顔で交互《こうご》に見比べる。

なんと答えていいやら分からず、曖昧な笑《え》みを返したロレンは当たり障《さわ》りのない言葉を探しながらふと気がついたようにラピスの手を見た。

「鍵が一本しかねぇように見えんだが？」

「はい。大部屋を一つでいいですよね？」

にっこりとラピスに微笑《ほほえ》まれて、ロレンは溜息《ためいき》をつきつつ自分の額へ手を当てる。

なんとなく熱が出てきそうな気分になりながらも、言うべきことは言っておかなければならないだろうと額に当てた手で頭をかきながら、反応を待っているらしいラピスに言い聞かせるように言った。

「いいわきゃねぇだろ……」

魔族領で出会った大魔王《だいまおう》の行動に感化されでもしたのだろうかと思うロレンへ、ラピスは否定されたことが意外であったかのように目を丸くしながら応じる。

「でも、個室三つは高いですし。まさかロレンさん、ご自分だけ個室にしろとか仰《おつしや》います？」

ラピスの返しにロレンは言葉に詰《つ》まった。

確かに個室を三つ取るよりは三人が入れる大部屋を一つ取った方が安い。

ならば自分だけ個室にするという手も考えつかなくはなかったのだが、この場合だとラピスとグーラが相部屋で、自分だけが個室という状態になってしまう。

それはラピスに支払いを任せている身としては、言い出すわけにはいかないような状況であった。

「けどよ……その、色々と不味《まず》いだろ」

「私は全く気にしませんが……グーラさん気になります？」

話題を振られたグーラは、酷《ひど》く迷惑《めいわく》そうな顔をしていたのだが何か期待するようなラピスの顔と、ここで気にするという一言を待ち望んでいるのだろうロレンの顔を見ながら、しばし考え抜いた後でラピスへ尋《たず》ねた。

「夕飯の注文なんやけどな」

「任せてくれていいですよ」

「よし、全く気にならへん」

分かり易《やす》すぎるグーラの態度に、ラピスは胸元《むなもと》でぐっと拳《こぶし》を握《にぎ》り締め、対抗《たいこう》する術《すべ》のないロレンはがっくりと肩を落とす。

ここで切り返すためには、ラピスがグーラに提示した以上の条件を出す以外にないのだが、ロレンにそれを実行するだけの持ち合わせはなかった。

「これでパーティ内部の意見は二対一ですよ」

「あぁそうだな……分かったよ、分かりましたよ」

抗《こう》する手段がないのであれば、さっさと諦《あきら》めた方がいいだろうとばかりに降参だとロレンが手を挙げれば、ラピスの顔が少しばかり不機嫌《ふきげん》そうになる。

「ご不満ですか？　望んでも得られない環境《かんきょう》ですよ？　下手したらお金を払《はら》ってでもそこに身をおきたいという男性が山ほどいるようなお話だというのに」

「事情を知らねぇ奴なら、そうなのかもしれねぇな」

事情を知った後ならば、ほぼ十割が掌《てのひら》を返すだろうという確信めいた思いを抱きつつ、それを口にすればラピスの機嫌《きげん》を損《そこ》ねかねないからとロレンはそこで話を打ち切るかのように、ラピスが店員とのやり取りを始める前に床《ゆか》へと置いていた荷物を担《かつ》ぎ上げる。

ラピスは少しばかり不満が残っているようではあったが、ロレンが観念したのを見て、それ以上追及《ついきゅう》しても仕方なかろうと手の中で宿から貰《もら》った鍵をもてあそびながら、先頭に立ってロレンとグーラを案内し始めた。

「とりあえず、部屋に荷物を置いたら温泉ですね。体を温めて、綺麗《きれい》にしてから夕食にしましょう」

「さっきの約束、忘れるんやないよ？」

「俺は部屋で待ってりゃいいのか？」

扉《とびら》に鍵がかかるといっても、それを完全に信用しきるというのは危険な話であった。

旅先なら特にそれは気にしなければならないことで、部屋に誰《だれ》か警戒《けいかい》する者を残しておくというのが当たり前のことであり、ラピスとグーラが入浴するというならば、それを待つのが自分の仕事だろうと思うロレンへ、何故《なぜ》かラピスは何を言い出すのやらと呆《あき》れた表情を向けてきた。

いやな予感を覚えつつも、ロレンは尋ねる。

「長く部屋を空けとくなら、荷物の番が必要だろうが？」

「私やグーラさんを何だと思っているんです？　荷物を守る術式くらい朝飯前ってやつに決まっているじゃないですか」

「そりゃ……分かったよ。身奇麗《みぎれい》にすりゃいいんだろ」

諦めは早い方がいい。

そう言い聞かせながら再度溜息《ためいき》をついたロレンは、その視界の端《はし》で席を立つ、いかにもガラの悪そうな男達が数人、ちらりとこちらを見たのに気がついてさらに気が重くなる。

「念のために聞いておくが、混浴とかだったりしねぇよな」

「男女は別みたいですよ？　混浴がよかったですか？」

にやりと笑いながら聞き返してくるラピス。

その言葉を聞いたのか、店内から自分達に向けられる視線の幾《いく》つかに妬《ねた》み嫉《そね》みの色がついたのに気がついて、ロレンは胸のうちにある息を盛大に深々と吐《は》き出《だ》したのであった。

小さな揉《も》め事《ごと》はあったものの、大部屋を取ったロレン達は用意されている部屋へと赴《おもむ》いた。

食堂の方から向けられる視線にロレンが耐《た》えられなかったという理由もあることにはあるのだが、最大の理由は全員がさっさと体を休めたいという要求に打ち勝てなかったから、である。

魔族領から持ち込んだ物資の中であからさまに人族のものとは思えないものはあらかじめ荷物の底の方にしまっておき、人目につかないようにしてはあったのだが、念には念を入れて自分達以外の人間に触《ふ》れさせないようにと荷物を部屋へ運び込んだロレンはそれらの作業を終えてしまうと部屋に備えられていたソファの上に腰《こし》を下ろして深く息を吐いた。

「ロレンさん、ベッドがダブルじゃありませんこれ」

「何を期待してやがった？」

部屋に備え付けられていたのはおそらく一人用であろうベッドが二つ。

それにベッドの代わりとしてなのか、長いソファが二つ置かれていた。

体の大きなロレンとしてはソファの上で眠るというのは、少しばかり窮屈《きゅうくつ》な話ではあったのだが、流石にラピスやグーラをソファで寝《ね》かせるというわけにはいかないだろうと、早々にソファの一つを占拠《せんきょ》したというわけである。

「ロレンさんだけをソファに寝かせるわけには……」

「んなことはどうでもいいから、さっさと風呂《ふろ》にでも行ってこい。荷物の番はしててやるからよ」

申し訳なさそうに言うラピスへ気にするなとばかりに手を振って先に風呂へと行かせようとしたロレンだったのだが、これをラピスはやんわりと拒否《きょひ》してきた。

「実は私もちょっとしなければならないことがありまして。グーラさんに荷物番をお願いして先にロレンさんお風呂を頂いてきてはどうかと」

その物の言い方にどこか引っ掛《か》かりを覚えたロレンである。

ラピスがわざわざ、しなければならないことがあると言うような用件が通りすがりの宿場町にあるとは到底思えなかったのであるが、だからといって何をする気なのかと聞くのは少々怖《こわ》いと思ってしまう。

何かとんでもないことを聞かされでもしたら、心の平穏《へいおん》を保っていることができなくなる上に、ロレンにはラピスを止める手立てがないのだ。

ならば問題が発覚しない限りは見ていない聞いていないということを前面に押し立《た》てて、知らぬ存ぜぬを貫《つらぬ》き通《とお》す方がいいのではないか、と思ってしまったのである。

「そうか？　グーラもそれでいいのかよって……グーラ？」

呼びかけてみて反応がないグーラの方をロレンが見れば、荷物を下ろしてベッドの縁に腰かけた姿勢でグーラが何やら考え込むような顔をしているのが見えた。

「おいグーラ、どうした？」

「ん？　あぁいやその、どうということもないんやけど、なんかこぉ……妙《みょう》な気配を感じるというか、なんというか」

要領を得ないグーラの言葉であるのだが、それはロレンを不安にするには十分だった。

以前にもロレン達《たち》は別の宿場町に滞在し、その宿場町が壊滅《かいめつ》するという末路を辿《たど》ったことがある。

それと似たようなことがここでも起こるのではないかと思いかけたロレンだったのだが、慌《あわ》ててロレンはその考えを打ち消した。

いくらなんでもそうそう宿場町が壊滅する現場に居合わせるようなことがあってたまるかという思いがそうさせたのであるが、そんなことを考えていること自体が何かしらの兆候を感じ取っているのではあるまいか、という考えも同時に湧《わ》き上がってくる。

「気のせいかもしれへんし、とりあえずお風呂入ってきたらえぇのと違う?」

「そうするか……」

ここで必要以上に警戒してしまえば、なんとなくおかしなことが起きるきっかけとなりそうな気がしてロレンは勧《すす》められるままに風呂へ入ることにした。

ここで気にしていないのだという態度を取ることにより、もしかしたら何も起こらないかもしれないという可能性に賭《か》けたわけである。

「それでは私もちょっと出かけてきますのでグーラさん、ここはお願いしますね」

「ほどほどになぁラピスちゃん。ここは任されたよって」

日常会話のようなノリで言葉を交わすラピスとグーラであるのだが、その内容にはやはり何かしら不穏当《ふおんとう》な気配をロレンは感じてしまう。

気のせいだろうと自分に言い聞かせつつ、タオルやら着替《きが》えやらを小さな袋《ふくろ》に詰め込んで宿の風呂場《ふろば》へと赴いたロレンはそこにあった設備に小さく感嘆《かんたん》の口笛を吹《ふ》いた。

そう規模の大きくはない宿場町の宿屋の風呂である。

大したものではないのだろうと期待はしていなかったロレンなのだが、実物を見てみれば脱衣所《だついじょ》の広さは中々のものであり、これならば風呂場の方も期待が持てそうだと思えたのだ。

早速《さっそく》衣服を脱《ぬ》ぎ捨《す》て、宿から提供されている厚手の布を腰に巻いてロレンは風呂場へと足を踏み入れた。

前回大魔王城においては湯に入れても平気ではあったのだが、ニグを入浴させるというのは宿からクレームがつきそうな気がして、ロレンは今回、ニグに関しては折りたたんだ衣服の上で待っていてもらうことにする。

場所によっては入浴着というものを着た上で風呂に入るというようなことをする習慣もあるらしいのだが、ここの風呂ではそのように面倒《めんどう》なことは考えられておらず、基本的に男女問わずで全裸《ぜんら》で入浴するようになっているらしい。

脱衣所と浴場とを隔てている扉を潜れば、その向こうは全面が石造りになっており、想像していたよりもかなり広い空間が確保されていた。

湯船もまたかなり広く、ロレンくらいの体格の者が数人入ったとしても十分賄《まかな》いきれるくらいの広さがある。

これならばゆっくりと入浴を楽しめるのではないだろうかと考えたロレンは、まずは体の汚《よご》れを洗い流さなければと風呂場に置かれている手桶《ておけ》を手に取ろうとして、湯煙《ゆけむり》の向こう側に先客がいることに気が付く。

一瞬警戒《いっしゅんけいかい》の念を抱いたロレンの目の前で、湯船に肩《かた》まで浸《つ》かっていたその人物は自らの体を隠《かく》そうともせずにその場に立ち上がった。

ロレンはかなり体格がよく、しかも鍛《きた》え上げられた体をしているのだが湯船の中の人物はロレンよりもさらに体格がいい上に、筋骨隆々《りゅうりゅう》といった形容がぴったりとくるようなくらいに筋肉質な体をしている。

大男と形容して間違いないその体の上を、少し濁《にご》りのある湯が滝《たき》のように流れていく様子を見ていたロレンは、筋肉の塊《かたまり》のような体の上に乗っかっている顔を目にして、次の瞬《しゅん》間《かん》には自分がいましている恰好《かっこう》のことも忘れてその場から脱兎《だっと》の勢いで逃《に》げ出した。

「〈転倒《スネア》〉」

おそらくは魔術《まじゅつ》か何かなのであろう一言がロレンの耳に届いた瞬間、ロレンは足の裏に何かしら不自然なでっぱりのようなものを感じてバランスを崩《くず》す。

そのままいけば風呂の洗い場の床に盛大に転んでしまうはずだったのだろうが、ロレンはとっさにバランスを立て直すと、壁に手をつく形でなんとか転倒を免《まぬが》れる。

そこへ、ロレンに魔術をかけたらしい大男が行く手を遮《さえぎ》るかのように壁に手をつく。

悲鳴を上げていない自分を心底褒《ほ》めてやりたいものだ、とロレンはつくづく思った。

戦場ですら感じたことのないような危機感が全身を襲い、風呂場の暖かく湿《しめ》った空気の中にいるはずだというのに、気持ちは極寒《ごっかん》の極地に投げ出された気分なロレンへ、壁に手をついた大男はさも心外だと言わんばかりの口調で話しかけてくる。

「なんでアタシの顔見て逃げ出すのよ？」

「逃げねぇ奴がいるならお目にかかりてぇもんだ」

頭の中で内側にいるシェーナがとんでもない悲鳴を上げているのを聞きながら、逆に少しずつではあるのだが冷静さを取《と》り戻しつつあるロレンは、声が震《ふる》えないように気を付けながら目の前の大男に対して答える。

「失礼でしょう？」

「んなことより、なんで手前ぇがここにいやがる」

頭の中で何度考えても、目の前にいる大男がここにいるわけがないという答えしか出てこないロレンは、自分を逃《のが》すまいとしてなのかじっと正面から見つめてくる大男の目を見返しながら尋ねる。

その大男は、ロレンが知る限りではロレン達がカッファの街を出た時にはまだその街にいたはずであり、ほとんど同時に街を出ていたのだとしてもわずか二日で大陸の北方に到着しているわけがないはずだった。

「おかしいだろ？　手前ぇの存在自体がおかしいとしても、物理的な距離《きょり》まで歪《ゆが》めるほど

「何を言っているのアナタ？　喰《く》われたいの？」

　ぺろりと舌なめずりする姿を見て頭の中に響き渡《わた》るシェーナの悲鳴が一段階、高さと大きさを増したような気がしてロレンは顔をしかめる。

　実際の音として聞こえているわけではないので、どれだけ大音量になろうが鼓膜《こまく》にダメージが来るということはないのだろうが、それでもうるさいことには変わりない。

　不完全であるとはいえ、〈死の王〉であるシェーナをそこまで怯えさせる存在。

　この場合、怯えとは少し違うのだろうかと方向の間違った考えに思いを馳《は》せながら、ロレンは目の前で自分の顔を見つめている色欲の邪神、ルクセリアの顔を嫌々《いやいや》ながら見返す。

　色欲の邪神という言葉がもつイメージから遠くかけ離《はな》れたマッチョにして顎の割れた大男はロレンの視線を受けて何故か微笑む。

〈お兄さん！　身の危険を感じますっ！　死の王の技能のどれか、全力で行使して構わないでしょうかっ⁉〉

　怯えと恐慌《きょうこう》が一周回っておかしなところにはまり込んだらしいシェーナを頭の中だけで宥《なだ》めながらなんとかこの場から逃れようと考えるロレンなのだが、ルクセリアの方が体が大きい上に、逃げ場《ば》の片方を壁についた手で塞《ふさ》がれているせいで逃げ道《みち》が一つしかなく、

タイミングを上手《うま》く取れない。

なんとか逃げ場はないものかと視線を四方へ走らせたロレンは、意図せずしてルクセリアの下半身へと目を向けてしまう。

ロレン自身は腰に布を巻き、その部分を隠しているのだが、ルクセリアは全く隠すことなくその部分を露出《ろしゅつ》しており、ぶらぶらと揺《ゆ》れる長大なモノが否応《いやおう》なく目に飛び込んで来れば、再び脳裏《のうり》でシェーナが悲痛にも聞こえる悲鳴を上げた。

〈お兄さんっ！　ぱおーんがぶらーんぶらーんって！　ぱおーんが！〉

何を言っているのか全然分からないながらも、錯乱《さくらん》しかけているのであろうシェーナを必死に宥めながら、ロレンはルクセリアに尋ねる。

「何かおかしなことをしたんじゃねぇなら、なんで手前ぇがここにいる？　俺達《おれたち》がカップァの街を出てからまだ二日しか経《た》ってねぇんだぞ」

「馬鹿な子ね。アタシ達にとって距離なんていくらでも無視できる代物《しろもの》よ？　グーラが目の前で消えたりしたことないの？」

言われてロレンは思い出す。

確かにグーラと初めて出会った時、妖精《ようせい》の長と半ば同化していたグーラはその同化が解かれると同時に地面へ潜り込んでどことも知れない場所へと消え去っていた。

それがグーラ固有の能力ではないのだとすれば、同じ邪神であるルクセリアが同じことをできたとしても、何ら不思議ではない。

「つうことは一人かよ」

「そうなのよ。だからアタシ寂《さび》しいの」

囁くような声と共にルクセリアの顔が近づいてきて、ロレンは柄にもなく死を覚悟した。

もちろん黙《だま》って喰われてやる死ではなく、武器も防具もない状態でルクセリア相手に戦いを挑《いど》むという意味での覚悟であったのだが、固く握った拳を近づいてくるルクセリアの顔面に叩《たた》き込もうとした瞬間、覆いかぶさるようにしていたルクセリアの体がロレンの眼前から瞬時《しゅんじ》にいなくなる。

何があったのかと目をぱちくりさせたロレンは、一拍遅《ぱくおく》れて聞こえてきた壁に何か湿ったものが叩き付《つ》けられる音にそちらを向けば、上下逆さまの状態で大の字になっているルクセリアが叩き付けられた壁からずるずると床に滑《すべ》り落《お》ちていく様子が目に入った。

「ロレンさんに何してくれてるんですか」

凄《すさ》まじく不機嫌そうな声はラピスのものであった。

声のした方を見てみれば、きっちりと体に布を巻き付け手に桶《おけ》と手ぬぐいを持ったラピスが前蹴《まえげ》りを放った状態のまま、飛んで行ったルクセリアの姿を険しい目つきで睨《にら》みつけている。

目つきと姿勢で色々と台無しにはなっているものの、ルクセリアの全裸を見た後ということもあっていつも以上に眼福さが増しているラピスの姿だ。

なんとなく気持ちも落ち着き、ほっとしないわけではなかったのだが気分が落ち着いてみると今度は男湯に何故ラピスが入って来ているのかという疑問が湧いてきて、ロレンは問いかけた。

「おいラピス。なんでここに？」

「すみませんロレンさん、色々と手間取りまして。具体的には風呂場を貸切にする手続きと、ちょっかいをかけてきそうな方々の始末……ではなくお話し合いを」

「なんで貸切？」

「もちろんロレンさんのお背中を私が流すのに、他の方が入って来られないようにするためですが？　宿にはちょっと握らせましたので問題ありませんが、まさか邪神が来ていたとは想定外すぎました」

「始末ってのは？」

「お話し合いです。不幸な結末に終わりましたが。仕方なく簀巻《すま》きにして転がしてありますのでルクセリアさんに下《さ》げ渡してしまいましょう」

そこまで口にするとラピスは急にもじもじとしだし、顔をわずかに赤らめつつロレンの様子を窺《うかが》いながら、小さな声で言った。

「それでその……お背中流しに参りました」

「色々と手遅《ておく》れじゃねぇか？　まぁその……頼《たの》むわ」

肉体的にも精神的にも酷い疲労《ひろう》感が襲《おそ》っている状態で、今更入浴を楽しむ気も、体を洗う気にもなれないロレンである。

さらにラピスの申し出を断る気力すらなくなったような状態では拒否することもできずに、好きにしろとばかりにロレンはその場に座《すわ》り込んでしまったのであった。


「うちが感じとった妙な気配はお前やったんか」

宿の一階にある食堂で軽い食事を前にして、心底嫌《いや》そうな顔と共にグーラがそんなことを言えば、体に似合わない仕草でちまちまと皿の上にのったハムをフォークで突《つつ》いていたルクセリアがこちらも嫌そうな顔で応じる。

「妙とは何よ、失礼ね」

「気配隠してこそこそと、いったい何を企《たくら》んどったんや？」

近くに邪神がいるならば、同じ邪神であるグーラにはなんとなく分かるらしいのだが、はっきりと分からなかったのはルクセリアの方が気配を殺していたらしい。

それを何かの企みではないかと考えたグーラであるのだが、ルクセリアは心外だと言いたげな表情で答える。

「何も企んでいないわよ。ただ冒険者《ぼうけんしゃ》ギルドからの依頼《いらい》に参加しようとしてただけ」

「何でおのれが人の戦争に首突っ込みたがるねん？」

グーラ達邪神《たちじゃしん》はあまり人の都合というものを気にしない。

戦争したければ勝手にやっていればいいくらいにしか思っておらず、グーラがロレン達と行動を共にしているのは単にロレン達がそれに首を突っ込もうとしているからという理由と、途中《とちゅう》からではあるのだがグーラからしてみれば仇敵《きゅうてき》ともいうべき存在らしい相手が今回の件に関《かか》わっているらしいということが分かったという二点からである。

グーラにとって仇敵ということは同じ邪神であるルクセリアにとっても似たような存在なのかもしれないが、ルクセリアの方にその情報が行っているとは思えず、そうなるとルクセリアが進んで今回の件に絡《から》んできている理由が分からない。

「お金がいるのよ」

グーラの問いかけに答えたルクセリアの言葉はロレン達にとっては意外なものだった。

驚《おどろ》くグーラにルクセリアは再びハムを突く作業に戻りながら、やや不本意だというような口調でその理由を語る。

「カッファの街で私の可愛い子達ができちゃったでしょ」

「おのれが作ったんやないか」

受動的にできてしまったわけではなく、ルクセリア本人が動いて能動的に造り上げた取り巻き達である。

軽く冒険者ギルドを滅《ほろ》ぼしかけた現象を、さも自然な成り行きであったかのように口にしたルクセリアをグーラは剣呑《けんのん》な目つきで睨みつけた。

そんなグーラの視線には全く動じた様子もなく、ルクセリアはフォークの先に突き刺《さ》したハムを口へと運ぶと、しっかり咀嚼《そしゃく》してから飲み込む。

「あの子達も冒険者としてそれなりに稼《かせ》いではいるのだけど、色々と必要な物を取り揃《そろ》えていくのにはお金が必要なのよ」

邪神とその取り巻きが必要とするものとはいったいなんだろうとロレンは考える。

しかしいくら考えてもなんとなくろくでもない物のような気がして、ロレンはすぐに考えることを止めた。

それよりもロレンには気にしなければならないことがある。

精神的な疲労から、断るという行動を取ることができずにロレンは温泉でラピスに背中を流してもらってしまっていた。

しかもその後しっかりと二人で湯に浸かってしまっていたのだが、なんとも無防備なことをしてしまったものだと今更《いまさら》になって後悔《こうかい》しているのである。

これではあの大魔王の思惑《おもわく》にそのままずっぽりと嵌《はま》りこむような未来しか待っておらず、しかもラピスが母親の魔王になんと報告するかによっては、即座《そくざ》に退路を断《た》たれてしまうかもしれない。

「ラピス、今回の件なんだがよ……」

「ご心配なく。ちょっと弱ったロレンさんの緩《ゆる》みに付け込んでしまったという思いがないわけではないので、これを盾《たて》にして拘束《こうそく》するつもりはありませんから」

つやつやとした表情でにっこり笑いながら言うラピスの顔を見て、その言葉がどこまで信用できるものなのか考えてしまうロレンなのだが、既《すで》に終わったことをなかったことにすることはできず、事実は事実として受け止めなければならないので、もしもの時は腹を括《くく》るしかないのだろうと、この件についてはそれで気にすることを止めにした。

「時代が変わっても必要になるのはお金。ほんっと嫌になるわ」

ハムを突いていたフォークを咥《くわ》えて、溜息を吐くルクセリアであるのだが、金の話に関しては同意するところだとロレンも思う。

「とりあえず可愛いあの子達を危険な戦争なんかに参加させられないから、ここはアタシが奮起してあの子達のためにお金を稼ごうと思って来てみたのよ」

「敵軍に同情してまうわ」

邪神というだけで規格外な存在であるというのに、ルクセリアはその邪神の中でもさらに異質な存在だといえる。

そんなものを知らないとはいえ、相手にしなければならない王国軍はきっと内部に余程《よほど》日頃《ひごろ》の行いが悪い者がいるのだろうと、ルクセリア以外の全員がそう思ってしまう。

「でもあの子達のためとはいえ、やっぱり一人で寝るのは寂しいわ。だから貴女《あなた》からの贈《おく》り物《もの》はありがたく頂いておくわね」

おそらくルクセリア本人は極上《ごくじょう》の微笑みだと思っているのだろう笑顔《えがお》をラピスに向けてきたのであるが、ラピスは同じくにっこりと笑うとどうぞご自由にとばかりに深々と頷いてみせた。

その顔を傍《かたわ》らで見ていたロレンは、ラピスの目が笑みの形に細められているのではなくしっかりと瞑《つぶ》られているのを見て取っている。

「どうぞどうぞ、遠慮《えんりょ》なく」

わずかながらに額に汗《あせ》など流しながら言うラピスなのだが、宿はいい迷惑であろうなとロレンは思う。

ロレン達にちょっかいをかけようと画策していた者達は、ラピスがロレンの入る風呂に乱入する前にあらかた無力化され、簀巻きにされ、ルクセリアの部屋に押《お》し込まれていた。

これから彼《かれ》らが辿るであろう未来のことを考えると、自業自得《じごうじとく》ではあるのだろうがどうしても哀《あわ》れに思ってしまうロレンである。

さらにルクセリアと捕《とら》えられた彼らとの間に起こる出来事など想像もしたくはないのだが、その後始末をしなければならないのであろう宿屋の従業員達に至っては、ご愁傷様《しゅうしょうさま》という言葉しかかけることができないくらいに悲惨《ひさん》な運命であった。

「それで貴方達《あなたたち》、ここからすぐに帝国《ていこく》を目指すのかしら？」

ふとルクセリアが問いかけてきた言葉に、ロレンは脳内に紫《むらさき》やらピンクやらの霧《きり》が立ち込めるような考えから現実に引《ひ》き戻された。

パーティの方針についてはロレンが答えるべきであろうと、グーラもラピスもロレンの方を見る中で、ロレンは一つ咳払《せきばら》いをしてこれまで考えていた諸々《もろもろ》のことを頭から消し去り、ルクセリアの質問に答えるべく頭を働かせる。

「そのつもりだが？」

「止めておいた方がいいわね。少しこの辺で時間を潰《つぶ》しなさいな」

その口調は真剣《しんけん》で、ふざけた感触《かんしょく》が感じられずロレン達はルクセリアの顔をまじまじと見てしまう。

途中でラピスがそっと視線を逸《そ》らしたのだが、それには気付かない振《ふ》りをしてロレンはルクセリアに尋ねた。

「どういうこった？」

「あからさまに怪《あや》しまれるってことよ。このまま北上すればあと一日もあれば帝国と王国の戦場近くに到着《とうちゃく》できるわ。ただそこでカッファの冒険者ギルドから来た、なんて報告したら何が起こるか分かるでしょう？」

残り一日で目的地に着くのであれば、カッファの街からの所要時間はおよそ三日ということになる。

早く到着できたのであれば、それはいいことではないだろうかと一瞬《いっしゅん》思ったロレンであったのだが、そんな思いを即座に自分で否定した。

「早過ぎるってわけか」

冒険者ギルドの用意した、特別な足を用いたとしても十日前後はかかる道のりをわずか三日で踏破《とうは》した、と報告しても普通《ふつう》ならば信じてもらえるわけがない。

普段《ふだん》ならば追《お》い払われるくらいで済む話だったかもしれないが、今は戦時中でもありそんなあからさまに怪しい言動を見せれば、もしかすると何らかの意図を持っていると判断され拘束されかねないし、最悪の場合、ろくな取調べもなく処刑《しょけい》というところまで可能性としてはありえた。

「そんな無茶《むちゃ》が通るんですか？」

信じられないと首を振るラピスであるのだが、無理もないかとロレンは思う。

いかに知識の神の神官といえども、戦争というものを経験したことはまだないはずであり、仮にあったとしても神官という存在は身元がかなりはっきりとした存在であって、ロレンのような傭兵《ようへい》とは扱《あつか》いがまるで違《ちが》うのだ。

多少怪しい言動をしても、神官ならばやや警戒されるくらいで、ロレンが考えたような状況《じょうきょう》に陥《おちい》ることはないと思われた。

「戦争中は役人共も気が立ってやがるからな。わけの分からねぇのはまとめて処分しちまえ、ってことが実際ある」

「戦いは冷静さを欠いた側が負けるんですよ？」

「誰もがそう思ってりゃ、そもそも戦争なんて起きねぇよ」

苦笑《にがわら》いと共にラピスの言葉へそう応じたロレンだったのだがふと思い出したように、再び皿の上のハムを突き出したルクセリアに尋ねてみた。

「けどよ。随分《ずいぶん》とまた具体的に帝国側の現状を口にしたように聞こえたんだが？」

「それはそうよ。だって一度行ってみたんだもの」

即座に返って来た答えに、なるほど一度行ってみたのであれば確かに具体的な帝国側の反応も分かって当然だろうと納得《なっとく》しかけたロレンは、ルクセリアの答えの持つ意味に気がついて平然とした顔をしているルクセリアを睨みつける。

睨まれたルクセリアはロレンの視線の意味が分からずに、ハムを突く手を止めた。

「な、なによ？」

「今、手前ぇ。一度行ったと言いやがったか？」

「えぇ、言ったわ。少しでも早く参戦して手柄《てがら》を立てれば、ギルドからの依頼金の他に帝国からも報奨金《ほうしょうきん》が出るかもしれないでしょ？」

ルクセリアの狙《ねら》い自体はそう悪いことではない、とロレンは判断した。

実際に大きな手柄を立てたりすれば、帝国としてもそのような有能な人物は引き抜《ぬ》きたいと思うか、もしくはその人物とつながりを維持《いじ》しておきたいと考えるはずなので、手ぶらで冒険者ギルドに返すようなことはしないはずである。

だがこの場合はもっと別に気にしなければならないことがあった。

「で、手前ぇは馬鹿正直《ばかしょうじき》にカッファの街から来た冒険者だと名乗ったわけだ」

「そうしないと依頼金も出ないから当然よね」

「何が起きた？」

短く問いかけたロレンに対して、ルクセリアはこれまでの反応とはあからさまに異なる反応を示してみせた。

表情はほとんど変わらず、皿の上のハムを突く手も止めることはなかったのだが、じっと目を見ていなければ分からない程度ながらはっきりとロレンから視線を逸らしたのである。

その反応だけでロレンはすぐに、何かしら不味い事態をルクセリアが引き起こしたのだということを察し、視線に半ば殺気を込めてルクセリアを睨む。

「答えやがれ。これからの俺達の行動にも関わってくるんだからよ」

「だ、だって酷いのよあいつら！　手伝いに来たっていうのにこのアタシを不審者扱《ふしんしゃあつか》いして投獄《とうごく》しようとしたんだから！」

憤慨《ふんがい》するルクセリアではあるのだが、ロレン達からしてみればどう考えてみても帝国側の反応の方が正しいとしか思えない。

冒険者ギルドの情報が流れてから、ほとんど間をおかずに遠くカッファの街から来たというだけでも怪しいというのに、加えてルクセリアの外見である。

これで警戒しない者がいるのだとすれば、よっぽど間が抜けているか聖人君子的な人間なのだろうとしかロレンには思えなかった。

「それで？　当然拘束されそうになったんだろうな。そこで手前ぇは何しやがった」

「捕《つか》まって投獄なんてされたらお金が稼げないいじゃない。かといって逃げても人相書きなんかが出回ればおなじことでしょう？」

特徴的《とくちょうてき》と考えればルクセリアほど特徴的な人物というのも中々にいない。

相当に人相書きを作るのが下手な者が作ったとしても、確実にルクセリアだと分かるだろう情報が流れ出るのは間違《まちが》いなく、そうなればいかに後ろめたいことがなかったとしても、帝国側の戦力として参加することは絶望的であり、見つかり次第捕縛《しだいほばく》される結末しか待ち受けていないはずである。

そうならないために、ルクセリアが何をしたのかと考えてロレンは恐《おそ》ろしい考えにぶち当たって思わず頭を抱《かか》えた。

そんなロレンを不思議そうに見るグーラとラピスだったのだが、ロレンの呟《つぶや》きを耳にしてその行動の意味を知る。

「手前ぇのことだ……ほとぼり冷ますとか、今回は諦めるとか、そういう殊勝《しゅしょう》な考えを持つわけがねぇよな」

「なんでアタシが人族如《ごと》きに配慮《はいりょ》しなけりゃならないのよ」

邪神《じゃしん》は人の都合など考慮《こうりょ》しない。

誰かに聞かれでもすれば、問題になりそうなルクセリアの言葉ではあったが、幸いなことにロレン達の近くには人がおらず、ルクセリアの答えは食堂の喧騒《けんそう》に紛《まぎ》れて他の誰かの耳に届くことはなかった。

「あぁそうだろうな。だから手前ぇがやっただろうことはなんとなく分かっちまうんだ」

「それはいったい？」

ラピスが答えを促《うなが》すとロレンは声が大きくなり、他の誰かの注意を引いたりしないように押し殺《ころ》した声でこう答えた。

「こいつたぶん……最初に出向いた軍なり砦《とりで》なり拠点《きょてん》なりを……なかったことにしちまったんだと思う」

目撃者《もくげきしゃ》がいるから問題なのであり、目撃者がきれいさっぱりいなくなってしまえばそこでルクセリアがどれだけ怪しまれる言動をしたとしても、誰にも知られることはない。

短絡的《たんらくてき》ではあるが効果的である手段を、人族に配慮などするわけもない邪神が取らないわけがなかった。

「正しくは、砦一個潰してきちゃった。でも大丈夫《だいじょうぶ》よ。ここからずっと離れた戦線だし、砦がなくなった分押し込まれたみたいだけど、なんとか持ち直したみたいだから」

そう語って笑うルクセリアに、ロレンは頭を抱えたまま低い唸《うな》り声《ごえ》を上げ、現状を理解したラピスとグーラは無言で頷《うなず》きあうと、再びフォークでハムを突こうとしたルクセリアを二人がかりで蹴り飛《と》ばしたのであった。


経過や結果はともかくとして、ルクセリアの言い分は確かに正しいだろうとロレン達は、宿場町で三、四日ほどの時間を潰すことにする。

幸いなことに温泉が使えるこの町で時間を潰すということはロレン達にとってはそれほど苦痛ではなく、久しぶりにゆっくりとした時間を過ごすことができた。

問題があるとすればロレン自身、ラピスの懐《ふところ》で様々なことを賄ってもらっているという事実について心苦しいものを感じるくらいであったのだが、ラピスはこれを気にしないことだと言ってロレンを宥めている。

「陛下からの借金を考えたら利子みたいなものですよ」

「一つも心休まる要素がねぇなそりゃ」

そうは言ってみたものの、実際に振れる袖《そで》がないのだからラピスに頼《たよ》りきるしか方法がなく、ロレンはいくらか肩身《かたみ》の狭《せま》い思いをするのであった。

そんな中で全く遠慮というものをしなかったのがいつの間にやらロレン達に同行することになったルクセリアである。

こちらは宿の料理を大量に頼み、ラピスが引き渡したロレン達にちょっかいをかけようとしていた何人かの、あまり素行と柄《がら》のよくなさそうな男達を一部屋に押し込み、お湯やら布やらを大量に消費しつつ、朝から晩までその部屋にこもりっきりという体《てい》たらくだ。

これらにかかる費用もまた、ラピスの懐から出ている。

「ラピスちゃん、うちが言うのもなんやけど、なしてルクセリアの面倒まで見てくれたりしとるん?」

「あれから目を離すと、何をするか分かったものじゃないですから」

目の届かない場所で、何をしているか分からないような状況になるくらいならば、目の届く範囲《はんい》で監視《かんし》していた方が、多少費用がかかったとしてもマシであろうとラピスは考えたらしい。

　ちなみにルクセリア達が部屋の中で何をしているのかについては宿側もある程度詳細《しょうさい》を把握《はあく》しているようで、掃除《そうじ》などの手間賃として普通の宿泊客《しゅくはくきゃく》よりも多い金額を請求《せいきゅう》されていたりする。

「素行に目を瞑れば、戦力としては優秀《ゆうしゅう》なわけですし。私とロレンさんの盾役くらいは務めてくれるんじゃないでしょうか？」

「そりゃまぁ、戦力に関してだけは保証するけどなぁ」

　そんなラピスとグーラの会話を聞きながら、ロレンはふと自分のパーティを顧《かえり》みてみた。

　自分はいちおう人族ではあるが、内側に〈死の王〉であるシェーナが存在しており、肩にはニグがいて、行動のサポートをしてくれたりする。

　神官のラピスは、法術と魔術の両方を操《あやつ》る魔族《まぞく》であり、近接戦闘《せんとう》もこなす。

　名目上魔術師《まじゅつし》となっているグーラは、魔術もさることながら元々持っている邪神の権能が凶悪《きょうあく》な威力《いりょく》を誇《ほこ》る存在で、その戦闘能力は常識外れの領域にある。

「ルクセリアっていったい、何の職業で冒険者ギルドに登録してあるんだ？」

　酷《ひど》く動きにくそうに見える服装からして、ルクセリアが戦士系の職業で登録しているとはロレンには思えなかった。

　しかしだからといって魔術師や神官といった職業を選択《せんたく》しているのではないかと考える

のは悪い冗談《じょうだん》にしか思えない。

そもそもルクセリアは武装しておらず、見た目からでは全く職業が分からないのだ。

「本人に聞けば分かるのと違うん？」

グーラに言われてロレンは嫌そうな顔をする。

ほとんど部屋から出てこないルクセリアと話をするには、たまに出てきたときを見計らうか、あるいはルクセリアの部屋を訪ねる以外に方法がない。

部屋から出てくるという機会はほとんどないのですぐに話をすることはできず、ルクセリアの部屋を訪ねるというのは死んでも御免《ごめん》だと考えるロレンである。

「確か、神官で登録していたはずですよ」

そんな耳を疑う発言をしたのはラピスであった。

ロレンばかりかグーラまで、何か世界が終わりを迎《むか》えたのではないかと思わせるような表情でラピスを見る中、ラピスはいつも通りの表情で続ける。

「大地神の神官ということで冒険者登録してたかと」

「嘘《うそ》だろおい？」

「神官の身分は正式な物みたいです。復活してからちゃんと神殿《しんでん》で神官職を得たんですね」

「あんなのに神官職渡して大丈夫なのか大地神」

「えぇっと、教義的にはルクセリアさんの存在って大地神の教えにそれほど反してないんですよ。むしろ推奨《すいしょう》されているという捉《とら》え方《かた》もあるので、それで簡単に認可《にんか》が下りたのではないかと」

「嘘だろ!?」

「この世に生きとし生ける全《すべ》ての存在を愛するのが大地神の教えですから。もっともこれは解釈《かいしゃく》の仕方で魔物《まもの》は除外とか魔族は除外とか、色々宗派があるらしいのですが、性別を理由にこれを忌避《きひ》するという教えだけはないんですよねぇ」

ロレンの知る限り、大地神という存在は慈愛《じあい》と創造の神であるという認識《にんしき》であったのだがラピスの話を聞くと、守備範囲が広すぎるだろうと思ってしまう。

「俺《おれ》は大地神の信徒にゃなれねぇ気がする」

「知識神ならいつでも門戸を開いてますすよ」

「そっちはまた別な意味で無理だ」

ロレンの答えに少し傷ついたような表情を顔に浮《う》かべるラピスであるのだが、何かと言えば知識の神の神官ですからの一言で済ませるラピスが信仰《しんこう》している神である。

その能力の高さ故《ゆえ》に、自分には到底《とうてい》務まるまいと思っているロレンであった。

そんな感じで日数を費やしたロレン達《たち》は、四日ほど骨休めのような時間を過ごした後、帝国への行程を再開することになる。

宿を引き払《はら》うまでにラピスが宿に支払《しはら》った金額は相当なものになっているはずであったのだが、そんな上客ともいえるロレン達が部屋を引き払うことを宿へと告げたとき、宿の従業員達の顔に浮かんだ感情は安堵《あんど》一色であった。

よほど持て余す客だったのだろうなと思うロレンは宿に対してなんとなく申し訳ないような気持ちになったのだが、原因のほとんどはルクセリアの所業であるはずなので、全ての責任はあの色欲の邪神にあるのだと思い込むことで、いくらか気が楽になる。

そのルクセリアはといえば、ラピスにあてがわれた男達を数日の間で完全に調教、もしくは洗脳してしまったらしく捕まえたときとはまるで異なるきらきらとした目をした男達に囲まれる形で部屋から出てきていた。

「そいつら連れていくのかよ」

そうなるだろうなとは思いながらもロレンは確認《かくにん》のためにルクセリアに問いかける。

この数日間で何がどのようになったのかは、知らないし知りたくもないロレンなのであるが、ルクセリアの部屋に閉じ込められていた男達は完全にルクセリアに服従しているようで、誰《だれ》もがそのことを至上の喜びであるというような顔をしているのがロレンには気味悪くしか見えない。

「置いていくわけにもいかないでしょう?」

「そりゃぁ……まぁな」

置いていくという言葉を聞いた途端《とたん》に、顔が絶望に彩《いろど》られた宿の従業員達の顔を見ながらロレンは渋々《しぶしぶ》頷《うなず》く。

できればルクセリアごとどこかの荒野《こうや》に捨てていきたい気持ちのロレンなのだが、そんなことをして後々に彼らが世界にどのような悪影響《あくえいきょう》を及《およ》ぼすか分からないという事実が、そんな考えを実行に移すことを推《お》し留《とど》めていた。

「それに連れて行くといいことがあるのよ」

「あんまり聞きたくねぇが、試《ため》しに言ってみろ」

これで夜に云々《うんぬん》などと口にしたのならば、切り捨ててしまった方が自分の精神のためにも、世界の誰かのためにもきっといいことのはずだと背中に吊《つ》るしている大剣《たいけん》を意識しながらロレンが促せば、ルクセリアはやたらと鍛え上《あ》げられた胸板《むないた》の前で腕《うで》を組み、得意げな顔でこう答えた。

「人数が増えるわ」

「それのどこがいいことなんだ?」

「あのね。どうせカッファからの冒険者達《ぼうけんしゃたち》は、アタシ達が帝国に着いてもまだこっちには到着しないはずでしょう？」

寄り道と宿場町での逗留《とうりゅう》期間を足しても、ロレン達がカッファの街を出てからまだ六日程度しか経過していない。

冒険者ギルドが用意した足で移動している冒険者達は、帝国に到着するまで十日前後かかるはずであり、順調に進んでいたとしても後一日で帝国領域《ていこくりょういき》に入るロレン達よりまだ後方を移動しているはずであった。

「そんな状況でたった三、四人程度の冒険者が軍に顔を出しても鼻で笑われて門前払《もんぜんばら》いを食《く》らうのがいいとこだわ」

「お前、一人で出向いた奴《やつ》が口にしていい言葉かそれ？」

「経験から学んだのよ。揚《あ》げ足《あし》を取らないでちょうだい」

本当ならばルクセリア一人で、どれだけの数の人族の兵士に匹敵《ひってき》するか分からないくらいの戦力であり、それを知っているのであればルクセリア一人だけでも邪険《じゃけん》にされたりはしなかったのかもしれないが、普通に考えれば一人や二人、援軍《えんぐん》ですと名乗ったところで物笑いの種にしかならない。

「だけど可愛《かわい》いこの子達が加われば、アタシ達大体十人くらいになるのよ」

軍という規模から考えれば十人程度の冒険者など比べるべくもない数ではあるのだが、

それでもそこそこにまとまっている数であり、それなりの戦力にはなる。

一人でのこのこと赴《おもむ》くよりはずっと、受け入れてもらいやすくなるはずだとルクセリアは言うのだった。

「門前払いを喰らう確率が減るのよ。連れて行かない手はないでしょ？」

「連れて行くのもタダじゃねぇんだぞ」

四人くらいならばともかく、十人近くとなるとかなりの大所帯である。

当然持っていける荷物の量は増えるのだが、それを用意する分の費用が嵩《かさ》むのもまた当然のことであった。

そこを心配するロレンへ、ルクセリアは鼻を鳴らして言い返す。

「お金払うの、貴方《あなた》じゃないじゃない」

言われてロレンは言葉に詰《つ》まる。

どうにも金の話をされてしまうと非常に立場が弱くなるなと思いながら、意見を求めるようにラピスを見れば、ラピスはさらりと答えた。

「壁《かべ》や盾だと思えば安いものです」

「貴方の相方。可愛い顔して人でなしな言葉をさらりと吐《は》くわね」

軽く引いた顔つきでしみじみとロレンにそう言うルクセリアであるが、返す言葉が見つからずにロレンは軽く肩《かた》をすくめるに留まった。

「できればルクセリアさんごと華々《はなばな》しく戦場で散ってくれるとありがたいのですが」

「その意見にはうちも賛成するところやね」

「敵の将軍辺りを巻き込んで自爆《じばく》してくれたりしません？」

「貴方達、アタシに何を期待してんのよ！」

「『自爆特攻《じばくとっこう》』」

揃ってハモったラピスとグーラの答えは、流石《さすが》にルクセリアにもいくらかの精神的ダメージを与《あた》えたらしく、取り巻き達とまとめて黙らされてしまう中でロレンが自分の荷物を手にしながら全員へ声をかけた。

「そろそろ出発すんぞ。買《か》い揃えるもんだってあるんだしよ。ラピス、悪ぃが勘定《かんじょう》持ってくれ。確かに軍に潜《もぐ》り込むにゃ頭数は揃ってた方がいい」

「仕方ないですね。ルクセリアさんにトイチでツケときますね」

「ちょっと!?　それは暴利じゃないの!?」

「ロレンさんの背負ってる借金に比べたら可愛いものです」

「そこで俺を引き合いに出さねぇで欲《ほ》しいもんだな」

確実に暴利な数字を突きつけられて、詰め寄《よ》ろうとするルクセリアから逃《に》げ回《まわ》るラピス。

賑《にぎ》やかなのは悪いことではないのだろうが、頼むから軍と合流したときに似たような雰《ふん》囲気《いき》を漂《ただよ》わせるのは止めて欲しいものだと思いながら、ロレンはこれから向かう北の方角の空を見上げるのであった。

第六章　入国から行軍する

ルクセリア達と合流してしまった、とロレンが思っている宿場町から北上して歩くことおよそ一日。

このメンバーで野営することは避《さ》けたい物だと心の底から思っていたロレンの願望を誰かが叶《かな》えてくれた、というわけではないのだろうがロレン達は朝に宿場町を出て、日が暮れる頃《ころ》に一つの街に到着していた。

街とはいってもそこは戦場に近い街で、元々防衛拠点としての意味合いもあったのか、街と砦とが合体したような造りになっており、街を囲むようにして深い堀《ほり》や高い塀《へい》が備え付けられているという中々に物々しい造りになっている。

「この面子《メンツ》でよく街に入れたもんだと、感心しちまうな」

戦時中であるならば、街を警備している兵士達の気は立っているはずで、ロレン達の外見に問題がなかったとしても、合流しているルクセリアのように、見るからに怪しい風体《ふうてい》の人物が街の門を潜れたのは幸運であるとロレンは思っていた。

絶対に呼び止められるだろうと思っていたのだが、何故《なぜ》だかロレン達は通《とお》り一遍《いっぺん》のチェックを門のところで受けただけで、街の中へと入ることができたのである。

「こいつらをほとんど素通しするってのは、もう仕事をしてるとは言わねぇよな」

後ろについて歩いているルクセリア達の方を振り向《む》きもしないで、ロレンが親指で彼らのことを指差せば、まったくその通りだとばかりにラピスとグーラが深く頷く。

「戦争中やから、質が下がっとんのやないかな？」

「もしくは、絡んだらトラブルになることが目に見えているから、スルーされたのかもしれないですね」

見た目からしてどこからどう見ても怪しい大男に率いられた、ぱっと見ただけでは真っ当な人間であるとは到底思えない人相の男達の集団である。

ラピスの言う通り、下手に引き止めたりしようものならば、どんなトラブルに巻き込まれるか分かった物ではない。

職責としてはどうなのか、という問題は残るのであろうが賢《かしこ》い人間であるならば、関《かか》わり合《あ》いになろうとは思わないような集団である。

まるで疫病神《やくびょうがみ》のような扱いをされていることに、ルクセリアをはじめとした男達が抗議《こうぎ》の声を上げようとしたのだが、ラピスとグーラの二人にかなり冷たい視線で睨《にら》まれて、ルクセリアを除いた全員が黙《だま》り込む中で、ルクセリアだけが文句を言う。

「それってどういう意味なのよ⁉」

「ところでロレンさん、これからどう動きます？」

「ちょっとラピス！　あからさまに無視するんじゃないわよ！」

「……返済」

ぼそりと呟いたラピスの声がルクセリアの耳に届いた途端に、掴《つか》みかかろうとしていたルクセリアがびっくりするほど素直《すなお》に大人しくなったのを見て、ロレンが何をしたという問いかけを視線に込めながら目を細めてラピスを見る。

いつもと変わらずに微笑《びしょう》を湛《たた》えた顔のラピスは、ロレンのそんな視線を受けても平然としていたのだが、しばらく見詰《みつ》め合うような時間が過ぎた後、何故《なぜ》か観念したように小さく呟いた。

「借用書を書かせましたので」

「お前のそういうとこ……ほんと頼りになるな……」

紙一枚で邪神の行動を制限できているというのだから、大したものだと素直に感心してしまうロレンである。

ただ、ルクセリアほどの力があるのであれば、そんなものなど知ったことかと踏《ふ》み倒《たお》すことができるのではないかとも思ったのだが、そんなロレンの疑問にはグーラが答えた。

「たぶん、きっちり契約《けいやく》という形にしとるんやろなぁ。うちらそういうのに弱いし」

「そういうもんか？」

「勝手に呼ばれた呼称《こしょう》やけど、伊達《だて》に邪神と呼ばれとるわけとちゃうんよ。まぁこの辺りはロレンが聞いてもよう分からんやろうけど、うちらが力を底上げしとる方法に関《かか》わってくる話なんよなぁ」

「もしかして制約をいくつかかけている代わりに、その分の余剰《よじょう》を？」

「ラピスちゃんには分かるんよなぁ……そこらを突《つ》かれたんか。ざまぁないなぁルクセリア」

いひひとあまり品のよくない笑いを向けたグーラにルクセリアがいーっと歯をむき出しにするという精一杯《せいいっぱい》の抵抗《ていこう》らしい反応を示したのだが、顎《あご》の割れた大男がそのような仕草をしてみても可愛らしさなど欠片《かけら》ほどもあるわけがなく、ロレンは自然な様子を装ってルクセリアの方を見ないように顔を背《そむ》けた。

「で、だ。これからどうするって話だがよ。やっぱり筋を通すなら、冒険者《ぼうけんしゃ》ギルドかその冒険者ギルドに助けを求めた帝国軍の窓口か、その辺りに顔を出すべきじゃねぇかな」

「情報収集もしておきたいところですが、その辺りが無難でしょうか。でもロレンさん、軍の窓口なんて分かるんですか？」

一般的《いっぱんてき》な領民には、馴染《なじ》みの薄《うす》そうな場所である。

冒険者という職業の者達にとっても国の軍という組織は関わり合いになることがほとんどない存在であり、それ関連の施設《しせつ》がどのようになっているのかについて詳《くわ》しく知っている者というのはあまりいないはずであった。

だが、ロレンからしてみればそこは結構馴染み深《ぶか》い場所である。

「そりゃ元々傭兵だからな。なんとなくは分かるさ」

冒険者となる前は、そこで飯を食っていたロレンであった。

確かに手続きなどの処理は傭兵団の事務方の人間がやっていたので、直接関わったことはないのではあるが、どこにどのような形で窓口があるのかくらいはなんとなくにでも分かる。

「ほんなら冒険者ギルドに行くべきとちゃうやろか？」

どちらでもよさそうだと見たグーラがそんな提案をする。

その提案の理由を知りたそうな顔をするロレンとラピスに、グーラは背後にくっついて歩いているルクセリア達を指差す。

「これつれて、事情を知らん軍に顔出したら、人数はさておき、色々と面倒《めんどう》なことになりそうな気がせぇへん？」

「そりゃ……そりゃなぁ」

「せやったら、冒険者ギルドに顔出して、そっちから繋《つな》いでもらった方が面倒が少ないとうちは思うんよな。冒険者ギルドならちょっとはこないな奴らに対する耐性《たいせい》もあるのと違うかなぁ？」

グーラの提案にロレンはルクセリア達を見る。

異常なのはルクセリアだけ、と言いたいところではあったのだが、実際はルクセリアによって手懐《てなず》けられている男達の方も、やや妙《みょう》な雰囲気を周囲に漂わせているような恰好《かっこう》で、確かにこのまま軍になど連れて行っては、いらぬ誤解を招いてしまうかもしれなかった。

そもそも軍というものは、常識から逸脱《いつだつ》した存在には案外もろいものであったりもするので、その辺りには柔軟《じゅうなん》な対応をしてくれそうな冒険者ギルドを途中《とちゅう》に一枚かませるというのは、悪い話ではない。

そう考えたロレンはまず、冒険者ギルドを訪《おとず》れ、カッファの街の冒険者ギルドから依頼《いらい》として帝国に来たということを告げることにしたのだが、ここで別の問題が持ち上がる。

「カッファからですか？　帝国にどこから入国したんです？」

確かに冒険者ギルドはルクセリア達に対しては一定の理解を示し、混乱に陥るような事態にはならなかった。

しかし今度はカッファから帝国領までの日数よりも、帝国領に至るまでの経路について疑いを持たれてしまったのである。

考えてみれば、カッファから冒険者ギルドの特別な足を用いても十日ほどかかるような道程ならば、いくつか国境線を越《こ》えるのは当たり前であった。

その辺りの処理はギルドの足を使っての移動であったのならば、ギルドが処理してくれていたのであろうが、ロレン達は別行動を取っており、国境を越える手続きなどを一切《いっさい》行っていない。

魔族領に行かされることに気を取られすぎて、基本的なところをすっかり失念していたことに後悔《こうかい》を覚えるロレンであるのだが、今更《いまさら》どうすることもできず、疑念の眼差《まなざ》しを向けてくる冒険者ギルドの受付嬢《うけつけじょう》に曖昧《あいまい》な笑《え》みを返していると、ロレンの脇《わき》をすり抜けるようにしてラピスが受付嬢の前へ出る。

「実は、山岳《さんがく》地帯のあちこちに抜け道《みち》がありまして」

「なんですって？」

「魔族領とこちらの領域を行ったり来たりするルートなんですが、ひょんなことから発見したそのルートを通って来ました」

もちろんラピスが口にしたのはロレンの知らない話であり、早い話が口からでまかせに近いもののはずであった。

しかし、自信満々にそんなことを言い放つラピスに疑いの目を向けてしまえば、受付嬢の疑念を晴らすことなどできるわけもなく、ロレンは努めて表情を動かさないようにしながら受付嬢の反応を見る。

「そんなルートが？」

「はい、必要でしたら情報料と引《ひ》き換《か》えに、ルートをお教えしても構いませんよ？」

後ろめたさなど微塵《みじん》も感じさせないラピスの態度に、これはある程度信頼性《しんらいせい》のある話なのではないかと判断したのか、受付嬢は上司らしき職員を呼び寄せてなにやら相談し始めた。

それをニコニコと笑顔《えがお》で見守るラピスの脇腹《わきばら》を軽くつつき、ロレンはぼそぼそと小声で尋《たず》ねる。

「んなルートあんのかよ」

「ない話はしません。それよりロレンさん、脇をつつくときはあらかじめ一言断りを入れていただけないでしょうか？　変な声が出かかったじゃないですか」

「今からつつくぞって断わる奴もいねぇだろ。大体、ほんとに教えろって言われたらどうすんだよ？　あんのかそんな近道」

ラピスの言葉を鵜呑《うの》みにするのであれば、冒険者ギルドが特別に用意する足よりもずっと速い移動を可能とするルートが存在するということになる。

それは冒険者ギルドにとってはかなり重要視されるであろう情報であり、多少情報料を吹《ふ》っかけたくらいでは、ギルドもその情報を入手するのを諦《あきら》めてはくれないのではないか、とロレンは思ったのだが、ラピスは平然と笑顔のまま答えた。

「安全は保証しません、と最初におことわりしておきます」

「なるほどな」

山岳地帯を縫《ぬ》うように、魔族領を経由するなどというルートが安全であるわけがない。

冒険者ギルドもそこは織り込み済みなのであろうが、ラピスが言う安全を保証しないという言葉は、言葉そのままの意味ではなく、言外に非常に危険を伴《ともな》うという意味合いが込められていることにロレンは気がついた。

つまりそれは、冒険者ギルドがラピスから得た情報を検証しようにも、検証できないだろうということを表している。

「白銀級パーティが入り口で即死《そくし》するようなルートを教えてあげましょう」

「俺達《おれたち》が通れねぇようなルート教えて大丈夫なのかよ」

「運がよければ通れる、ということで」

あくまでも嘘を教えたわけではない、という態度を取るラピスに注意をしてみても意味がなさそうだと考えたロレンは冒険者ギルドがこの件に関して深入りしてこないことだけを祈《いの》ることにした。

幸いなことに、ラピスがちらっと口にした魔族領を通るという一言が非常に危険を伴うということと、現在はそれよりも差《さ》し迫《せま》った問題があるというこの二点から、冒険者ギルドはラピスにそのルートの情報を聞こうとはせず、すぐに帝国《ていこく》軍の担当部署へと連絡《れんらく》を入れることをロレン達に告げる。

「基本的に我々は遊撃《ゆうげき》、もしくは本隊の補助戦力といった動きをしております。詳しくは帝国軍担当官の指示に従って頂ければと」

受付嬢がそう言いながら差し出してきた紙には、帝国軍の窓口となっている場所と、その担当官の名前が記されている。

それを受け取ったロレンは何かボロが出ないうちにと全員を急《せ》きたてて早々に冒険者ギルドを後にするのであった。

急ぎ足で冒険者ギルドを後にしたロレン達はそのままギルドで教わった帝国軍の兵站《へいたん》、募《ぼ》兵《へい》などを担当しているらしい窓口のある建物へと向かった。

あまり急ぐとギルドからの連絡が軍に届いていない可能性もあり、少しばかり街をぶらりと散策してから軍の窓口へと出向いてみれば、ギルドからの連絡はきちんと軍に通達されていたらしく、すぐさま担当の役人が応対に出てくる。

「お早い到着《とうちゃく》でしたね。カッファから来られるということは聞いておりましたが、皆様方《みなさまがた》以外は未《いま》だ到着されておりませんよ」

担当官だと名乗ったのは中年の兵士であった。

通された部屋で、質素な木製の机に座《すわ》り、羽ペンを指に挟《はさ》んだまま応対するその担当官には戦場上がりというような雰囲気はない。

体つきからしてみても事務専門の役人なのだろうとロレンは判断する。

「ちょっと近道したもんでな。参加するのが早けりゃ早いほど、もらえるもんも増えそうってもんだろ」

近道したのは本当であるが、急いで来たというよりは寄り道してきた状態であり、しかも途中で骨休めまでしている。

多少後ろめたいものを感じないわけでもないロレンなのだが、まさか本当のことを言うわけにもいかない。

「戦功次第《しだい》ですなぁ。基本的には冒険者ギルドに依頼した報酬《ほうしゅう》のみということになりますが、無論戦況《せんきょう》に係るような活躍《かつやく》をされれば軍より別に報酬が出ることでしょう」

笑いながらそんなことを言う担当官の様子に、やや望《のぞ》み薄《うす》だろうかとロレンは思う。

そもそも個人が戦争において、戦況を左右するような勲功《くんこう》を挙げるというようなことはそうそうあるものではなく、そんなことができる存在は英雄《えいゆう》と呼ばれる。

クラース辺りならば、もしかすると自分がそういった存在であると思っているのかもしれないが、一介《いっかい》の傭兵《ようへい》とは無縁《むえん》の話であった。

「そいつは厳しい。大人しく規定の報酬の中で働いた方が身のためっぽいな」

「そうかもしれませんなぁ」

笑う担当官に愛想《あいそ》笑《わら》いのようなものを返したロレン。

そんなロレンに担当官は小さく手招きすると、顔を近づけたロレンへ耳打ちする。

「しかし、後ろの方々。本当に大丈夫なんですか？　貴方に関しては間違いないと思うんですが……」

言われてロレンはそっと背後を振《ふ》り返《かえ》る。

そこにはロレンと担当官とのやりとりが終わるのを待っているロレンのパーティメンバ

ー達が待っているのだが、担当官がなんとなく不安げにそんな耳打ちをしてくるのも無理はないように思えてロレンは眉根《まゆね》を寄せた。

ラピスに関してはある程度説明がつく。

見た目からすればいかに神官服であると言っても、とても戦場にいけるような恰好には見えないうえに、色やデザインからしてやたらと目立つ。

グーラに関しては露出《ろしゅつ》が多すぎた。

チューブトップにホットパンツ、などという恰好で戦場に赴こうと考える者がグーラの他にいたのであれば、おそらくは頭のつくりが常人のそれとはどこか違《ちが》っているとしか思えない。

ルクセリアとその取り巻きに関しては、言わずもがなであった。

かろうじて取り巻きに関してはまともな恰好をしているといえなくもないのだが、その目や仕草が醸《かも》し出《だ》す雰囲気が、どう考えてもまともには見えないのだ。

総じて、パーティ全体が本当に大丈夫なのかと疑われても仕方がないだろうなとロレンは担当官の不安を納得《なっとく》してしまう。

「まぁ……見た目で実力が全て分かるってわけじゃねぇからな」

かといって、担当官を安心させるような台詞《せりふ》が頭に浮かんでくるわけでもなく、ロレンは何とか無難な返答を考えて、そう答えてやった。

もちろん、担当官がその答えで納得するわけもなかったのだが、仕事だからと考え直したのか、担当官は机の上に並べられている書類をしばらく漁《あさ》ると、目的の物を引っ張り出してロレンの目の前に広げてみせる。

「既《すで》に冒険者ギルドでお聞きかもしれませんが、冒険者ギルドからの援軍は大体が遊撃任務を担当している部隊に編成されることになっております」

「聞いちゃいるんだが、今どんな戦況なんだ？」

ロレン達の他に、担当官に用がありそうな者はロレンが見る限りではいなかった。

多少ならば情報収集という名前の会話に応じてくれたりしないものかと水を向けてみたロレンだったのだが、担当官の方もそれなりに暇《ひま》を持て余していたのか、あっさりとロレンの話に乗ってくる。

「帝国と王国の間の国境線近くで、睨みあいってとこですかねぇ」

そう言いながら担当官が引っ張り出した別の紙は、簡易的ながらもその帝国と王国の国境線付近の地図であった。

その上に指を走らせながら担当官は説明を始める。

「国境線のど真ん中辺りで両国の本隊が睨みあいをしてまして、その周囲にいくつかの部隊が展開したまま膠着状態《こうちゃくじょうたい》になっております。その隙間《すきま》を縫うようにして小部隊がいくつも偵察《ていさつ》や遊撃といった小競《こぜ》り合いを行うような感じですね」

「迷惑《めいわく》な話じゃねぇか」

詳細《しょうさい》な数値などはロレンには分からないが、傭兵時代に教わった知識として戦争とはとにかく費用がかかる代物《しろもの》であるはずだった。

それは戦いが起きていようがいまいが変わることがない話で、にらみ合いをしているだけでもとんでもない費用が日々飛んでいっているはずなのである。

それらの費用は当然両国の国庫から支出しているはずであるのだが、その皺寄《しわよ》せは当然各国の税収に行く。

やるのであればとっとと始めて、さっさと終わればいいものをと思うのだがそこにはやはり開戦に至れない事情があるらしかった。

「帝国と王国はこれまで確かに交戦中だったんですが、ちまちまと小競り合いをする程度で済んでいた間柄《あいだがら》でしてね。それが冒険者ギルドの助力が得られると分かった時点でこちら側が本気の戦力を差し向けたのに対し、王国側もそれならばと結構な戦力を出してきたわけなんですよ」

「蓋《ふた》を開けてみたら、戦力がかなり拮抗《きっこう》してたってわけか？」

兵を差し向けてはみたものの、ほとんど同じくらいの戦力が向かい合った状態でそのまま開戦という運びになれば、どちらが勝ったにしても相当大きな被害《ひがい》が出るだろうことは想像に難《かた》くない。

ましてこの大陸北部にある国は、帝国と王国だけというわけではなく、下手をすればどちらが勝利を納めても、疲弊《ひへい》したところに第三者の介入《かいにゅう》を受けて、共倒《ともだお》れになるという未来も見《み》え隠《かく》れしている中で、どちらの国も軽く及び腰《ごし》になってしまった、というのが現状であるらしかった。

「数はやや帝国が上回っているって話なんですが、国軍と冒険者ギルドからの援軍を足してそんな状態ですから、質としては王国軍がやや上を行っていて、総じてほとんど同じくらいの戦力、というわけのようですな」

集団戦において個々の技量というものは、よほど卓越《たくえつ》していない限りはほとんど誤差のようなものでしかない。

冒険者達は確かに戦いの技量に長《た》けてはいるのだが、大規模な集団戦ともなるとそれに参加した経験のある者などほとんどおらず、帝国軍と連携《れんけい》が取れるとは思えないような状態である。

王国軍は数こそ劣《おと》るとはいえ、全体が元々集団戦のために訓練されている兵士達であり、しかも帝国軍と冒険者ギルドのように、内部に別の組織の兵士が入ったりはしていない。

つまりは連携や統率《とうそつ》といった点においては王国軍が帝国軍に勝っているのだ。

「で、帝国側が冒険者を主軸《しゆじく》とした偵察や遊撃を行い始めましたら王国側がそれに対抗《たいこう》する部隊を出し始めまして、これがあちこちで小規模な戦闘《せんとう》を」

冒険者達の使い道としては、そんなところだろうかとロレンは考える。

大規模な戦闘に組み込むには信憑性《しんぴょうせい》に欠けるのであれば、ある程度少人数の部隊として運用した方が効果的だと誰かが考えたのだろう。

少人数の遊撃部隊という存在は、中々馬鹿《ばか》にできないものなのだ。

まともに当たれば大した障害ではないとしても、移動が早い上にどこから出てくるのかが分かりづらい。

補給路や本隊の手薄《てうす》な部分などをちくちくと突かれでもすれば、たちまちのうちに本隊の行動に影響《えいきょう》が出る。

そこを警戒《けいかい》して対抗部隊を出したのであろうが、今度はその少人数の部隊同士でぶつかり合うような事態となり、よけい戦況が膠着状態に陥《おちい》ったという状況《じょうきょう》らしい。

「冒険者ギルドからの援軍は時間が経《た》つにつれて増えてますからね。そのうち数の優位だけで質を無視できるようになる、とは思うんですが」

「王国側だって馬鹿じゃねぇんだろうから、長引けば不利になりかねねぇってのは分かってるはず……だってのに、決戦に及ばないってのはちと、引っかかるとこだな」

「その辺を考えるのは軍のお偉《えら》いさん達でしょうからねぇ。とりあえずこれに全員分の名前を記入して頂けます？」

担当官が差し出してきた書類を受け取ったのは、いつの間にやらロレンの傍《かたわ》らに来ていたラピスであった。

いったいいつからそこにいたのかと驚《おどろ》くロレンや担当官の様子を無視して、ラピスは受け取った書類にさらさらと三人分の名前を書き込むと、四つに折りたたんでナイフを投げるような手つきでルクセリアに投げつける。

元々が紙であるので大したことにはならないだろうと思うロレンだったのだが、投げられた紙はくるくると回転しながらルクセリア目掛《めが》けて飛んでいき、いきなり投げられると思っていなかったせいで反応が遅《おく》れたその眉間《みけん》に角を突《さ》き刺した。

「ちょっとぉっ！　意外と痛いじゃないのっ！」

「いいから黙って、貴方とその他大勢の名前を記入してください」

折りたたんだ紙の角が突き刺さり、血が滲《にじ》んだ眉間を押《お》さえつつ抗議の声を上げたルクセリアに対して、ラピスの声は冷たい。

それ以上抗議してみても無意味だろうということは即座《そくざ》に理解できたらしく、ルクセリアはぶつぶつと文句を言いながらも言われた通りに自分と取り巻き達の名前を紙の上に記入し始める中、ロレンは念《ねん》の為《ため》気になったことを担当官へと尋ねた。

「自筆じゃなくてもいいのかよ？」

「自筆かどうかなんて、分からないですからねぇ」

それもそうかとロレンはルクセリアが何か言いたげな顔で差し出してきた記名が終わった紙を受け取ると、それを担当官の前へと置く。

担当官はそこに書かれている名前の数と、ロレン達の人数を見比べてズレのないことを確認すると、無造作にそこへ八百九十一という数字と自分の署名と大きな判子を押して、再びロレンへと差し出す。

「手続きは以上。今日はこの建物の上の階が宿になっているからそこに泊《と》まってください。この紙を入り口の管理人に見せれば部屋を用意してくれるはずですんで。食堂もあるから食事はそこで。明日、別の担当者がそこの数字で貴方を呼びに来るはずですから、そこから先は指示に従ってくださいな」

「できるだけ楽なとこに配属されてぇもんだな」

「それは……事務方なら私みたいに後方配属って目もあるんですがねぇ」

流石にわざわざ冒険者に事務処理をやらせようとは誰も考えるわけがない。

望むだけ無駄《むだ》なことは分かりきっており、ロレンは苦笑《くしょう》しながらその場を後にしようとしたのだが、ふと思い出したことを担当官に聞いてみた。

「そういや、風の噂《うわさ》で帝国にユーリ＝ムゥトシルトって奴がいるって聞いたんだが、あんた何か知ってるか？」

「ムゥトシルト将軍のことかい？　直接自分を売り込みに行こうって考えてるなら止めておきなよ。不審者扱《ふしんしゃあつか》いで牢《ろう》に入れられるのがオチだ」

帝国にいるらしいという、ロレンが元々所属していた傭兵団の団長の名前。

それを口にしてみたロレンはあっさりと答えが返って来たことにも驚かされたのだが、それよりさらにその団長が何故か将軍と呼ばれているということに、さらに驚かされてしまって二の句が継《つ》げなくなる。

そんなロレンの反応をどう受け取ったのかは分からないが、担当官はそこからさらに聞いてもいない情報を続けた。

「そりゃ将軍はちょっと前に現れて、王国との戦いの中で頭角を現された御仁《ごじん》だからあんたのような人にも理解はあるかもしれないが、今は戦時中だしここの本隊の指揮でお忙《いそが》しいから、実は将軍の庶子《しょし》ですなんて名乗り出たら、下手すりゃ首が飛ぶよ」

戦争中に軍の幹部などに対して実は貴方の子供、もしくは血縁《けつえん》ですと名乗り出てくる者がいるという話がある。

真偽《しんぎ》の程《ほど》は別として、状況がごちゃごちゃしている上に少しでも人手が欲しかったり、言われた将軍なりなんなりに多少の心当たりがあったりで、調べるのは後回しにして、とりあえずと話が通ってしまったりするのだ。

「んなことは考えちゃいないが……ちと聞いた名前だったんでな。ちょっと前に現れて、今将軍職って出世が早過ぎんだろ」

「今の王国との戦いにおける英雄ですからねぇ」

「英雄……英雄ねぇ」

それ以上の情報はおそらくこの担当官から得られることはないだろうと、ロレンは話を切り上げ、ラピス達《たち》を促《うなが》してその場を離《はな》れる。

「何やってんだあの人？」

傭兵団が壊滅《かいめつ》した日から今まで生き延びていた、という情報は朗報ではあったが、傭兵団の団長が大陸北部の帝国で、将軍をやっていると聞かされればロレンとて困惑《こんわく》する。

実は名前が同じの別人なのではないか、という思いが湧《わ》き上《あ》がってくるがそこを確認《かくにん》するためにはどうにかして、本人と顔を会わせてみる以外ないのだろうが、さて一介の冒険《ぼうけん》者《しゃ》と一国の将軍が顔を会わせるためには、何をどうしたらいいのやら、とロレンは小さく息を吐き出すのであった。


帝国軍が用意していた宿はお世辞にも上等とは言いがたいものであった。

ラピスなどは最後の最後まで、ここに泊まるくらいならば別に宿を取ってそこで一晩過ごすべきだと主張するくらいに嫌《いや》がっていたのだが、ロレンからしてみればどこか古巣に戻《もど》ってきたような安心感を覚える宿であり、夜は自分でも驚くくらいにぐっすりと眠《ねむ》ることができ、朝は清々《すがすが》しい目覚めを迎《むか》える。

「昨晩は熱い夜だったわ」

そんな清々しい朝を濁《にご》らせるような発言をしたのは、やはりルクセリアである。

帝国軍は部屋の質こそ悪いものの、いちおうは個室を用意してくれていたというのに、わざわざ雑魚寝《ざこね》の大部屋に入ることを選んだルクセリアは、その取り巻き達と一晩中部屋にこもりっきりであったのだが、周囲の予想を裏切らず、ぶれることなくろくでもない行《こう》為《い》に没頭《ぼっとう》していたらしい。

何人かいる邪神《じゃしん》の中でも、このルクセリアだけは是《ぜ》が非《ひ》でも封印《ふういん》しなおすべきではないかとロレンは考えているのだが、実際にそれを実行に移す場合に誰《だれ》をルクセリアに当てるかという問題に頭を悩《なや》ませていた。

自分という選択肢《せんたくし》はもちろん、御免被《ごめんこうむ》りたいロレンである。

だからといってラピスやグーラに頼《たの》むというのは、非常に悪い気がしてしまう。

「クラース辺りでなんとかなんねぇかな」

「何の話です?」

文句を言うだけあって、あまりよい眠りではなかったのか不機嫌《ふきげん》そうな顔をしたラピスがロレンの呟《つぶや》きを耳にして尋ねてくるのに、ロレンはなんでもないと応じてからとりあえずそれについては考えるのを止めて、頭を目の前の現実に切《き》り替《か》えた。

問題はルクセリアについてのみではなく、ロレン達が帝国が用意した朝食を摂《と》っている間にも一つ持ち上がる。

従軍中の食事は帝国軍持ちで、無料だと知ったグーラが暴食の邪神としての力を遺憾《いかん》なく発揮しかけたのだ。

途中までは黙って見守っていたロレンなのだが、さすがにおかわりの回数が二桁《けた》に乗った辺りでこのまま傍観《ぼうかん》し続けているととんでもないことになりそうだと悟《さと》ったのか、グーラの脳天に拳《こぶし》を落とすことで無理やりそれらの行為を止めさせる。

「何すんねん⁉」

「お前は食費で帝国軍の財政を傾《かたむ》ける気か⁉」

「まだ十回やん！　しかも無料やんか！」

「程度ってもんを考えやがれ！」

兵士の資本は体であり、大概《たいがい》の軍は食事に関しては可能な限りいい物を提供する。

もちろんそれは戦況によっては到底《とうてい》食べ物だと認められないようなものが出てくることもあるのだが、余裕《よゆう》があるうちは大体どこの国の軍でも支給する食べ物はそれなりの質が保たれていることをロレンは経験から知っていた。

動かすだけで相当な費用のかかる軍というものにおいて、食費はその費用のかなりの割合を占《し》める要素なのであるが、そこにグーラという存在が一人絡《から》むだけで、下手をすれば本当に食費が原因で軍が傾きかねない。

「自重しろ。いいな？」

「ちぇー……」

タダ飯を食べ放題だと喜びかけていたグーラは、ロレンに釘《くぎ》を刺されて非常に不満げな顔をする。

「しゃーない。戦場で調達しよか」

「お前、そういうことは人目のないとこで言え……」

グーラならば敵兵も美味《おい》しく頂いてしまう。

まさか王国軍も敵方に自分達を食料としてしか見ていない存在が参戦しているとは夢にも思わないだろうと思うと、少しばかり敵軍に同情してしまうロレンであった。

「登録番号八百九十一番、ロレンの班はいるか？」

そうこうしている間に、ロレン達が待機している場所へ武装した兵士が数人、前日にロレンが登録した際の番号を言いながら姿を現した。

その番号と名前が自分であることをロレンが告げると、兵士は慣れた雰囲気《ふんいき》でロレンに指令を告げる。

「すぐに準備し、街の東門へ向かえ。そこで他の人員と合流し、戦場へ向かってもらう」

「分かった、すぐに向かう」

兵士の命令口調に、何故だかむっとするラピスにグーラとルクセリア。

考えてみると全員、普通《ふつう》の人族に命令されるような存在ではないので、仕方がないのかもしれないと考えつつ、ロレンは全員を促して兵士に命じられたままに街の東門へと向かった。

そこでは既に、他の都市の冒険者ギルドから来たのであろう冒険者や、いちおうは帝国軍であることを示すためなのか正規の兵士達の姿がある。

「ロレンさん、団長さんのことはとりあえずいいんですか？」

受付らしき場所で自分の番号と名前を告げ、その一団の中へと加わったロレンへラピスが尋ねてくる。

確かにロレンとしては、戦争に参加するよりも団長が傭兵団の壊滅からこちら、いったい何をしてきたのかということに関して知りたい気持ちがあったのだが、すぐにそれを行うことは無理だということも重々承知していた。

「戦時中にどこの誰とも知れねぇ奴《やつ》が、将軍職に面会を求めて話が通るわけがねぇんだよ。だから今は無理だな」

「でもロレンさんの名前とか告げれば……」

「それで面会がかなうなら、帝国軍ってのはよっぽどの間抜《まぬ》けだな。大体、あの担当官も言ってただろ？　戦争中のドサクサに紛《まぎ》れて、実は貴方《あなた》の子供だったとか昔の仲間だったとか言い出す奴ってのはちらほらいやがって、そういうのは大概無視されるもんだ」

「じゃあどうするんです？」

ラピスからしてみれば、人族同士の戦争などというものはどうでもいいものでしかなく、その興味はロレンが所属していた傭兵団の団長だったという人物に向けられている。

その人物に会えないのだとすれば、途端《とたん》にやる気も失《う》せてくるというものらしい。

「まずは様子見しかねぇかな」

ロレンとしても団長とは会ってみたいという気持ちがある。

帝国の将軍職にあると聞かされれば驚きもしたのだが、その間に何があったのかについてやはり聞いてみたいという気持ちが強い。

もっとも、別れたときから現在に至るまでの間の変化があまりに大きすぎるので、実は同姓《どうせい》同名の別人という可能性も考えていたりするのだが、それにしたところで一度は会ってみないことには分からない話だ。

「ちっと働いて、それなりに覚えがよくなりゃ、実はってことで上に話を通してくれそうな奴との伝手《つて》ができるかもしれねぇ。何の準備もなしにいきなり話を通そうとするよりゃずっと通る可能性が高いだろ」

「実力行使って手がないわけじゃないですよ?」

わずかに声を潜《ひそ》めたラピスは悪い顔をする。

それに応じるかのようにグーラとルクセリアが、人相の悪い顔をしだすのを見てロレンは軽く手を振って全員に止めるよう促した。

確かに、いかに帝国軍が強力な組織であったとしても、魔族《まぞく》一人に邪神二人という戦力を相手にするのは、相当な骨であろうとロレンは思う。

しかしながらそんなことを実行に移してしまえば、ロレン達は大陸中からお尋《たず》ね者扱《ものあつか》いされることになりかねず、いくら団長と思われる人物に会うためとはいえ、ロレンはこれからの人生がまるで気の休まるものでなくなるような選択肢を取ろうとはまったく考えていない。

「お前らで大陸全土が征服《せいふく》できるってんなら話は別だがな」

もしそれが可能なのであれば、後々のことなど考えることなく全《すべ》てを力で解決するということも不可能ではない。

だがいくらなんでもそれは無理だろうと思うロレンに、ラピスはあっさりとそれと認めるかのように頷《うなず》いてみせた。

「それは無理ですね。人族の領土に限った話にしても無理です」

「だろ？　だったらこつこつ信用されるしか手はねぇよ」

「ちょっとストレスを感じそうです」

〈お兄さん。私、手段を問わないのであれば一国くらいはいける気がします〉

ぱたぱたと羽を羽ばたかせて姿を見せたシェーナの思念を、ロレンは苦笑を噛《か》み殺《ころ》しながら同じく止めるように頭の中だけで告げる。

その力を十全に扱った場合、死者の軍勢を編成できるであろう〈死の王〉であるシェーナならば、確かに一国丸ごとをその力で飲み込んでしまうことができるのであろうが、それが終わった後に残るのは死者だけが歩き回る死の国であり、そんなものを作ってまで自分の目的を果たそうとはロレンも考えていない。

そんな物騒《ぶっそう》な会話をロレン達が繰《く》り広《ひろ》げているということは、周囲には知られなかったようで騒《さわ》ぎにもならず、奇異《きい》の目を向けられるようなこともなくロレン達が時間を過ごしていると、やがて集まった兵士や冒険者達《ぼうけんしゃたち》の前にやや高級そうな装備に身を包んだ兵士の一団が姿を見せた。

おそらくは士官級の兵士なのだろうとロレンが値踏《ねぶ》みする中で、それらの兵士達は集団の前に立ち止まると、その中の一人が声を張り上げる。

「聞け！　私が第四十五遊撃中隊の指揮官である。これより我々は本隊周囲の状況を調査すると同時に敵軍の同任務を帯びているであろう隊の排除《はいじょ》に向かう」

「軍隊という割に、あんまりきっちりしていないんですね」

正規の兵士達はきちんと整列し、指揮官の話に耳を傾けているのだが冒険者ギルドから派遣《はけん》されたと思《おぼ》しき者達は、列も作ってはおらず、適当に仲間内で固まるような形で指揮官の話もあまり聞いているようには見えない。

「冒険者に言うこと聞かせるのは無理やろって判断なんやろな」

「傭兵ならもうちっと、きちんとした動きをするからな」

傭兵は戦争を生業としているだけあって、それなりに団体行動については知識も経験もあるのだが、冒険者は基本的には自分達で組んでいるパーティとだけ行動を共にするような者達で、数十から百に届くような人数での行動には慣れてもいないし、知識もない。

これを無理に軍隊の形に押し込めようとすれば、当然反発や破綻《はたん》を招くようなことになるはずで、帝国軍はどうやらこれについては完全に諦めてしまっているようだった。

「確かにこれじゃ、王国側がそれなりの軍なら数は優位の要素にゃ入らねぇな」

統制の取れていない烏合《うごう》の衆《しゅう》と、それなりに統制が取れている組織とがぶつかり合った場合、脆《もろ》いのは間違《まちが》いなく前者だとロレンは知っている。

この場合、むしろ数の優位は害になりかねない、ということも併《あわ》せてロレンは経験から教えられていた。

下手に混乱に陥って、人数が多すぎて収拾《しゅうしゅう》がつかなくなり、少数の軍に敗走させられた軍の話は、そんなに珍《めずら》しいものではないのである。

「ロレンさんのとこの団長さんが将軍をやっている割にはお粗末《そまつ》な組織なのでは？」

「将軍といっても、全軍の指揮権があるわけじゃねぇだろうしな。遊撃用の部隊を組織しているのは別の奴なんだろうさ。もしくは、やっぱり同姓同名の別人って線も少しばかり可能性が増えてきやがったか？」

「いずれにしてもあんまり面白《おもしろ》そうなことにはなりそうな気がしませんね」

指揮官の演説というか指示というか、そんなものが終わったのか正規の兵士達を先頭にぞろぞろと動き出した一団を眺《なが》めながらラピスが溜息交《ためいき》じりにそんなことを言う。

それを聞いたロレンは、思わず鼻で笑いかけたのを誤魔化《ごまか》すように口元を手で覆《おお》ったのだが、その反応は目聡《めざと》くラピスに見られてしまっていた。

「どういう反応ですかそれ」

むっとした顔をするラピスに、ロレンは周囲の人間について歩き出しながら、傍らについてきたラピスに困ったような顔を向け、しばらくなんと答えたものか考えていたのだが、やがて考えをまとめるとそれを言葉にする。

「面白ぇ戦争なんてもんはこの世にねぇからな。どんな戦争に参加しようが、面白そうなことになんかなりゃしねぇよ」

「む。それもそうですか……」

「うちはこれから踊《おど》り食い！」

「アタシはこれから可愛《かわい》い子を捕獲《ほかく》作戦」

納得したようなラピスの背後では気勢を上げるグーラとルクセリアにその取り巻き達の姿がある。

一度は納得したらしいラピスがちらりと背後を振り返ったかと思うと、隣《となり》を歩くロレンを見上げながら不思議そうに言った。

「あっちは楽しそうですが」

「俺《おれ》も例外な存在の面倒《めんどう》までは見切れねぇわ」

野放しにすれば戦場が大混乱に陥りかねない。

行軍中に少し釘を刺しておくべきだろうかと、ロレンは嘆息《たんそく》交じりにそんなことを考え始めるのであった。

第七章　参戦から戦闘する

　ロレン達が出発した街から国境まではは徒歩でおよそ二日ほど。

　これが帝国軍の騎兵《きへい》であったのならばもっと早くに到着することができたのであろうが、冒険者が主体となっている部隊に騎馬《きば》の支給があるわけもなく、冒険者の中には普通に馬に乗れない者もあるために、現地までは徒歩で移動することになっていた。

　荷馬車のようなもので移動させてくれてもいいのではないか、と思うロレンなのだがそういった移動手段は全て本隊のために動員されていて、遊撃部隊に回す分の余裕がまるでないらしいことを一緒《いっしょ》に歩いている兵士達からロレンは聞きだし、それならば仕方ないかと諦めている。

「俺達はまだ恵《めぐ》まれている方だと思うぞ」

　道すがらロレンと会話をした若い兵士はロレンに対してそんなことを言った。

　何が恵まれているのかと尋《たず》ねると、その兵士が言うには既に王国軍の部隊の幾《いく》つかは現在膠着している戦線から帝国側に入り込み、破壊《はかい》活動やロレン達のような部隊への攻撃《こうげき》を行っており、帝国にそれなりの被害をもたらしているのだと言う。

「俺達《おれたち》は徒歩で移動しちゃいるが、今のところそういった妨害《ぼうがい》に遭《あ》ったりしていない。道中が平穏《へいおん》っていうのは恵まれていると思わないか？」

そう言って笑った若い兵士にロレンは曖昧《あいまい》な笑《え》みを浮《う》かべるに留《とど》まった。

実を言えば、若い兵士が危惧《きぐ》している王国側の潜入《せんにゅう》戦力というものはロレン達の隊の周囲にちらほらとその姿を見せていたのである。

そのことに帝国軍の兵士はおろかロレン達以外の冒険者達もそのほとんどが気が付いていなかったのだがそれには理由があった。

一つは王国側の戦力が非常に少人数であったことである。

多くても十人を超《こ》えるか超えないか程度の非常に少ない人数であり、それがこっそりと行動しているせいで、数十人で移動しているロレン達の隊の誰もがその姿に気が付かないか、あるいは気が付いてもそれが王国側の戦力であると分からなかったのだ。

もう一つの理由は、その少人数の戦力の正体を確かめる前にそれらの者達が忽然《こつぜん》と姿を消してしまうことにあった。

これにより帝国側の兵士の一部や冒険者の極一部には、よほど手練《てだ》れの王国側の兵士が帝国領土内《ていこくりょうど》に侵入《しんにゅう》し、情報を収集しているのではと危《あや》ぶむ気配があったのだが、これはてんで的外れの推測である。

「少人数で敵の領土内を移動して、姿がバレるなんて狩《か》ってちょうだいって懇願《こんがん》しているようなものよねぇ？」

ぺろりと自らの唇《くちびる》を舌で舐《な》めながら、おそらく本人は艶《なま》めかしいと信じきっているのであろう声を出すルクセリアに、ロレンは背筋を震《ふる》わせ、ラピスは臨戦態勢を取る。

その隣では同じく自らの唇を舐めながら、グーラが不満げな呟きを漏《も》らしていた。

「あんまり美味《うま》くないな。あんまりえぇもん食うておらんのやないの？」

ただ聞けば大した言葉ではないが、こちらの言葉を耳にしたロレンはルクセリアの言葉を聞いたときとは違った悪寒《おかん》に背筋が震えるのを感じ、それを察知したらしいラピスはルクセリアへの警戒を解いて、ロレンの左肩《ひだりかた》をさする。

ちなみに右肩《みぎかた》にはそこを定位置にしているニグが、こちらもロレンのことを案じるかのようにその前脚《まえあし》で規則正しいテンポを刻みつつロレンの肩《かた》を叩《たた》いていた。

「そこの大食い女。今のコはアタシが狙《ねら》ってた子よ！」

「うっさい色ボケ。オノレに掴《つか》まるくらいやったらうちの胃袋《いぶくろ》に収まった方がなんぼか幸せに決まっとるやろ」

そんな言い合いをしているルクセリアとグーラが何をしているのかといえば、怪《あや》しそうな一団の存在を感知すると同時に即座にルクセリアは何らかの魔術道具《まじゅつどうぐ》を使い、グーラは自分の権能を行使して、それらの者達を捕食《ほしょく》していたのである。

「女の子よっ！　女の子がいたわっ！　アタシの愛の巣へ即《そく》ごあんなーい」

「あ、こらっ！　そういうレアもんはうちに喰《く》わせろっての！」

「いやよっ！　さぁすぐにどろどろに溶《と》けるような快楽を味わわせてあげるわ」

「最悪や。性犯罪者として捕《つか》まってしまえ」

事情を知らない周囲の者達はいったいこの二人は何を言いあっているのだろうと不思議そうな顔で見守っているのだが、事情を知るロレンからしてみれば気持ち悪いやら恐《おそ》ろしいやらで耳を塞《ふさ》いでいたい気持ちでいっぱいであった。

かろうじて左肩のラピスの手の感触《かんしょく》と、右肩のニグの前脚の感触に癒《い》やしを求めているような状態である。

つまり障害となりそうなものは、障害として認識《にんしき》される前にグーラかルクセリアの毒牙《どくが》にかかり、障害とはなりえない状態にされてしまっていたのであった。

そんな状況のまま、二日ほどの道のりを歩き切ったロレン達は、帝国《ていこく》側の本隊と王国側の本体がにらみ合っている国境線へとたどり着く。

そこは大きな平原となっており、その平原を取り囲むようにして森や、小さな丘《おか》や窪地《くぼち》などが点在するような場所であり、両軍はその平原のちょうど中間付近に設定されている国境線を挟《はさ》んで互《たが》いににらみ合いを続けているような状態であった。

その周囲では、ここではロレン達と同じくらいの規模の部隊が周囲の地形に紛れて相手方の領土へ侵入しあっているような状況で、ロレン達も休みを取る暇もなくすぐにその小規模な小競り合《あ》いの真っただ中へと行かされることになる。

「我々は主に、敵の遊撃《ゆうげき》部隊の撃滅《げきめつ》を主任務とする。油断するな」

部隊の指揮官はそう全員に通達したのであるが、ロレンは一瞬《いっしゅん》、グーラとルクセリアがいればこれまでの道中同様に敵と出会うまでもなく、一方的に相手を狩ることができるのではないか、と考えていた。

しかしこれは当の本人であるルクセリア達から否定されてしまう。

「そりゃ十人程度ならなんとかするけど。数十人となると一瞬でとはいかんなぁ」

「アタシのこれも、そこまでの人数を一度に収容はできないわ」

そう言ってルクセリアがロレンに見せたのは小さな箱のようなものであった。

ルクセリアはこれを使い、認識した対象を隔離《かくり》された空間へ引きずり込むことができるらしいのだが、その引きずり込める数には限度があるらしい。

「ちなみにこれまで引きずり込んだ奴らってのはどうなった？」

「聞きたいの？　実践《じっせん》を交えてなら教えてあげてもいいわよ？」

なんとなく粘《ねば》っこいという印象を受ける笑みを顔に浮かべたルクセリアだったのだが、ロレンが身を引くより先に無言で蹴《け》りを入れてきたラピスの爪先《つまさき》を股間《こかん》に受けて、声もなくその場に蹲《うずくま》ってしまう。

「ロレンさん！　爪先に異様な感触がっ！　異様な感触がっ!!」

「あ、あぁ。助かった、ラピス」

少々涙目《なみだめ》になりながら縋《すが》り付《つ》いてくるラピスの頭を撫《な》でてやりながら、ロレンは本当にルクセリアだけは野放しにしてはいけないという気持ちを新たにする。

そんな一部に騒がしさを抱《かか》えたたままロレン達の隊は、国境線の内外を出たり入ったりしながら敵の部隊を探索《たんさく》するという行動を続けていたのだが、戦場に到着《とうちゃく》してから一日目の夜に、敵の遊撃部隊らしき戦力と遭遇《そうぐう》することになった。

場所はそれほど大きくないながらも木々の密集した森の中。

お互いがお互いを認識しないままにその森へと足を踏《ふ》み入《い》れ、気が付いたときには相手が目の前にいた、というような状況から戦闘へと突入《とつにゅう》してしまったのである。

「くそったれ！　森の中じゃ星明かりすら届かねぇぞ」

「だからって灯《あか》りは点《つ》けられないぞ！　的にされる！」

「うるせぇ灯りを点けろ！　同士討《どうしう》ちになる！　味方にやられて死ぬなんざ、ばかばかしくて話にならねぇ！」

ただでさえ夜の闇《やみ》が下りる中、頭上には木々の葉が生《お》い茂《しげ》り、月や星の明かりを遮《さえぎ》ってしまっている中での戦闘は、望むと望まないとに拘《かか》わらずすぐに混戦になってしまった。

隣や目の前にいる誰かが敵なのか味方なのか分からないような状況で戦いを行うこと自体が間違っている話ではあるのだが、一度切り結んでしまえばお互いに相手を見逃《みのが》す理由がない。

剣《けん》と剣が打ち合わされ、怒号《どごう》や悲鳴が飛《と》び交《か》う闇の中、ロレンは冷静に大剣を抜《ぬ》き放ちながら本来は見えることのない景色をその目にしていた。

叫《さけ》びに応じていくつか灯《とも》された灯りではまるで足りない闇の中で、ロレンの目ははっきりと周囲の状況を見ていたのである。

大魔王《だいまおう》から〈死の王〉の力が混ざりつつあると言われたその状態も、今ロレン達が置かれている状況下では、相手に対してほとんど絶対的な優位性をもたらす。

帝国兵と王国兵とでは装備が異なり、王国側には冒険者の姿はあるわけない。

それだけ分かっていればロレンが間違って味方を傷つけるようなことはあるわけがなかった。

木々が生い茂っているとはいっても、大剣の扱い方《かた》によっては十分それを振《ふ》るうだけの空間もあり、ロレンは混乱する森の中を一人で走る。

何かが結構な勢いで移動しているということに感づいても、それが何であり何をしようとしているのかが分からなければ効果的な対応などできるわけもない。

ほとんど抵抗《ていこう》らしい抵抗を示さないままに、ロレンが駆《か》け抜けた後には頭を割られ、胴《どう》体《たい》を薙《な》がれ、腕《うで》や足を切り飛ばされた王国兵達がその体を横たえることになった。

「なんだ!? 何が通った!? 何人やられた!?」

「バケモノだ! バケモノがいるぞ!」

「わけが分からねぇ! なんで動けんだよ!?」

「俺は味方だ! 味方だぞ!」

切り殺された者やまだ息のある者の悲鳴を聞いて、王国側に混乱が起きる。

その混乱の一部は帝国側にも伝播《でんぱ》してしまっているようで、ロレンは誰が見ているわけでもないというのに思わず苦笑してしまった。

ロレンからしてみれば相手の姿が見えているので、それを切り伏《ふ》せることはなんでもないことであったのだが、やられている側からしてみればまるで視界が利《き》かない空間で一方的に、しかも的確に切られていく状況が全く理解できない。

その理解できないという事実がさらに混乱に拍車《はくしゃ》をかける。

「何人喰われた⁉　畜生《ちくしょう》、帝国は何を持ち出してきやがったんだ⁉」

「小隊長！　小隊長はどこ……う、うわぁあああ小隊長殿がっ！」

「どうすりゃいいんだ⁉　引くのか⁉　続けるのか⁉」

ロレンの大剣の刃《は》が乏《とぼ》しい明かりを受けて閃《ひらめ》くたびに、一人以上の王国兵が命かそれに準じるようなものを失って地面へ打《う》ち倒《たお》されていく。

その度に王国側の混乱が酷《ひど》くなっていく一方で、帝国側は少しずつではあるのだが状況を把握《はあく》し、落ち着きを取《と》り戻しつつあった。

「こちらに被害《ひがい》は出ていない！　落ち着け！　味方が王国軍を打破している！」

「灯りを点けて視界を確保しろ！　心配するな！　こちらの優位は動かない！」

「え？　あれ冒険者？　今回参加の冒険者って白銀級より下の奴らだろ？　それであのバケモノっぷりって何かおかしくねぇか？」

「こいつらはそこそこ美味いなぁ。やっぱ食い物が違《ちが》うんかな？」

「滾《たぎ》るわぁっ！　めちゃめちゃに滾るわぁっ！　若い子、生きのいい子が食べ放題じゃないっ！」

一部、耳を塞ぎたくなる言葉も聞こえてきたのであるが、ロレンは冷静に、そして手早く次々に王国兵を切り伏せていく。

たまに見えないながらもがむしゃらに剣を振り回《まわ》して抵抗を示す王国兵もいることにはいたのだが、まともに狙いもつけずに振り回しているだけの剣がロレンの体を捉《とら》えるようなことはなく、それらの兵士もまた一撃《いちげき》のもとに死体へと変じていった。

このまま事態が進むのであればそう苦労もなく収束しそうだなと、何人目になるのか分からない王国兵を切り倒したロレンが考えたとき、王国側に変化が起きる。

「駄目《だめ》だ！　このままでは全滅《ぜんめつ》しかねん！」

「信号を上げろ！　ここの位置を知らせるんだ！」

その叫び声《ごえ》に応じて王国側の誰かが行ったのが何であったのかはロレンには理解することができなかった。

ただ分かったのは、誰かが何かを行ったことで何か白く光《ひか》り輝《かがや》くものが生い茂っている木々の葉の層を貫《つらぬ》いて空へ高く打ち上げられた、ということだけである。

打ち上げられたそれはある程度の高さまで飛ぶと、そこでさらに強い光を発し、やがてゆっくりと消えていく。

攻撃でもなく、ただ打ち上げた位置を何かに知らせるだけのその信号を見たロレンは、何故《なぜ》か訳も分からず、不安に駆られて大剣を握《にぎ》る手に力を込めたのであった。

その時、ラピスは木立の上の枝に腰掛《こしか》けて、戦場となった森の中を見回していた。

職業的に神官を名乗っているラピスとしては、人族達からしてみれば視界を確保することが難しい夜の森の中での乱戦に、参加するという選択肢は最初から存在していない。

もちろん、やれと言われれば現在森の中にいる誰よりも、敵兵を屠《ほふ》るということを上手にやってみせるだけの自信も実力もあることにはあるのだが、それをやってしまえばこれから神官と名乗ってみても疑いの目を向けられかねないからだ。

元々、神官は戦場に出てくるような職業ではなく、出てきたとしても前線にいることなどまずない職業であり、本来はずっと後方の安全なところにじっとしているような職業なのである。

「普通の神官さんでしたら、身を守るのもままならないような状況《じょうきょう》ですからね」

戦えないのならば逃《に》げるのが本当は一番、間違いのない選択肢であるのだが、ロレンが踏みとどまっている状況で自分だけ逃げるということは、ラピスにはできず、ならば誰も追いかけてこないであろう場所へ一時的に避難《ひなん》する、という方法が無難であろうと考えたわけである。

もっとも、木の幹を駆け上がるように登り、丈夫《じょうぶ》な枝を選んで腰掛けたラピスの身のこなしはやはり神官というにはあまりに鍛《きた》えられた動きであったのだが、幸いなことにこの暗さの中ではラピスの行動を見咎《みとが》めた者もおらず、仮に見られていたとしてもとても身軽なのだと言い張る気でいるラピスであった。

そんな戦場を上から見下ろしているラピスであったからこそ、雰囲気の変化にいち早く気付くことができたともいえるのだが、ラピスが自分の頭の中で鳴《な》り響《ひび》き出した警鐘《けいしょう》の存在に気がついたときには、森の一角から何らかの気配が爆発的《ばくはつてき》に噴出《ふんしゅつ》してきた後であり、それが何かしら致命的《ちめいてき》な現象を引き起こすまでに残された時間はほとんどない、とラピスは判断する。

「ロレンさん！　少々すみません！」

ロレンのいる位置は、きちんと把握していたラピスである。

だからこそ腰掛けていた枝から即座《そくざ》にロレンの傍《かたわ》らへと飛び降りると、ロレンが何かを言うより先にその肩に手をかけて一気に地面へと引きずり倒す。

唐突《とうとつ》に肩にかけられたラピスの手と、そこから感じた重圧に驚《おどろ》くロレンではあったのだが、その少し前に感じていた妙《みょう》な雰囲気とラピスの行動からして、何かあるのだろうと悟ればラピスに文句を言うわけもなく、倒されるままに倒れこみながらもついでとばかりに近くにいたグーラの肩も掴んで自分ごと地面へと引《ひ》き倒してしまう。

「何やっ⁉」

こちらはまだそれに気がついていなかったのか、いきなりのロレンの行動に抗議《こうぎ》の声を上げたのだが、その瞬間《しゅんかん》に地面へと倒れこんでいるロレン達の視界がこれまで周囲を覆いつくしていた夜の闇の色から、突然真紅《とつぜんしんく》の輝きへと変化したのである。

「息を止めろっ！」

聞き慣れた声の聞き慣れない口調。

ラピスが命の危険を感じるほどの何かなのだなと思ったロレンは目を閉じ、息を止める。

その上からおそらくはラピスとグーラなのであろう体が覆いかぶさると、ロレンは周囲の大気が燃え上がったような熱を肌《はだ》に感じ、これは死ぬのではないか、という思いに囚《とら》われる。

それほどの熱量が周囲を支配したのであれば、人族であるロレンなどひとたまりもない。喉《のど》や胸が焼ければ、人は苦しみのうちに絶命することが避《さ》けられないからだ。

だがそんな肌を焼き尽《つ》くすような熱量はすぐにロレンの周囲から引いていった。

おそるおそる目を開けてみれば、自分の上にラピスとグーラが覆いかぶさっているのが見えたのだが、その向こう側に見える光景は相変わらず何もかもが真紅《しんく》に染まった世界だ。

到底人の生きられそうにない空間で、いまだ自分が死んでいないことに感謝すればいいのか、驚けばいいのか分からないロレンだったのだが、それよりもロレンの注意を引いたのはラピスとグーラが同じ方向を見たまま、目を険しくしているという様子であった。

「今、何が起きやがった？」

しゃべれば息を吸いこまなければならない。

視界がおそらくは炎《ほのお》なのであろうそれのせいで真っ赤に染まっているような状況では命取りになりかねない行為ではあるのだが、なんとなく大丈夫《だいじょうぶ》なような気がしたのと、どうせいつまでも息を止めてはいられないのだからという考えの下でロレンが口を開くと、ラピスは視線をどこかに固定したまま、搾《しぼ》り出《だ》すような声で答えた。

「何か……とんでもないのが来たようです」

口調が元に戻っているなと思うロレンへ、グーラが続けて口を開いた。

「なんでオノレがそこにおるのか、聞かせてもらいたいとこやな」

グーラの口調には余裕がない。

それだけ危険な何かが視線の先にいるのだろうと考えたロレンは、ふと周囲にルクセリアの姿がないことに気がつく。

あのルクセリアならば、死んでいるという可能性は極《きわ》めて低いだろうと思うロレンなのだが、だからといってラピスやグーラが余裕を失うほどの状況で、無傷でいられるともあまり思えない。

そんな予想を裏切って、意外とぴんぴんしていても何も不思議ではないのだが、と考えたロレンの耳に、年端《としは》もいかない少女の声が聞こえてきた。

「なんで？　それに俺様が答える必要ってあるのか？　グーラ、相変わらずお前、やたらとムカつく奴だな。しかもなんで燃えてないんだ？」

声は少女のものであるというのに、言葉遣《ことばづか》いはなんだか男のようだと思いながらロレンは引きずり倒された姿勢から体を起こそうとする。

「立ち上がらないでくださいね。咄嗟《とっさ》だったのであまり大きく結界を張れませんでした」

ロレンが体を起こそうとしたのに気がついたラピスが警告をしてくる。

ロレンはそれに頷くと、半身を起こすようにしながらまだ自分の上にいたラピスとグーラをそっと押《お》しのけ、そして真っ赤に染まった空間の向こう側にいるそれを目にした。

それは声で感じた通り、一人の少女である。

肩口《かたぐち》まで伸《の》ばした金髪《きんぱつ》にほっそりとした肢体《したい》。

膝上《ひざうえ》ほどの長さの茶色のチェックのスカートに、白いシャツの上から濃紺《のうこん》のベスト。

さらにその上から胸元《むなもと》を大きなブローチで留めてあるフリルつきの真紅のマントを羽織

ったその姿は可憐《かれん》という言葉が良く似合う少女の姿である。

しかし、その顔には可憐というには程遠《ほどとお》い尊大な笑みが浮かべられており、ロレン達《たち》を見ている目はとても生き物を目にしているというような目つきではない。

「グーラさん、あの方はお知り合いですか？」

「ラピスちゃんもなんとなく予想しとるとは思うんやけど。お知り合いや」

少女から目を離《はな》すことなくラピスの質問に答えたグーラ。

「憤怒《ふんぬ》の邪神《じゃしん》レイス＝サターニア。ちびっ子のクセしよって攻撃力《こうげきりょく》だけなら、うちら邪神の中で最大級のモノを持っとる奴や。なんでいきなり攻撃してきたかってのは……」

グーラの説明を聞きながらロレンは視線を周囲へと巡《めぐ》らせる。

どういう理屈《りくつ》でそうなっているのかはロレンには分からないのだが、周囲はいつまでも真紅の炎で埋《う》め尽くされた状態になっており、森を形成していた木々はその熱量にあっさりと焼き尽くされていく真っ最中であった。

当然ながら、その木々の間で戦闘《せんとう》を繰り広げていた王国軍も帝国軍も、その炎に巻かれてしまっており、少し前までは人の体であったのだろうと思われる真っ黒な塊《かたまり》があちこちで地面へと倒れていくのが炎越《ほのおご》しに見える。

「まさか王国側についたんやないやろな？」

「そうだ、と言ったらどうだっていうんだ？」

胸の前で腕を組み、姿勢を低くしているロレン達を見下ろすようにして答えた少女は、炎の中にいるというのに、その衣服はおろか体や髪《かみ》に至るまで炎の影響《えいきょう》を受けているようには見えない。

それはつまり、現状を引き起こしているのがその少女であるということの証左だと思われたのだが、ロレンはどうしても周囲の惨状《さんじょう》とその向こうで笑っている少女との間に関係性を見出《みいだ》すことができずにいた。

「おのれは阿呆《あほう》か？　王国側についた理由は知らんけど、今の一撃で帝国軍だけやなくて王国軍までしっかり巻き込んでしもうとるやないか」

グーラの指摘《してき》にロレンはぞっとするものを覚えながら周囲を見回す。

それは少女が放ったと思われる一撃がどれほどの被害をもたらしたのかを確認《かくにん》するためだったのだが、周囲にあった木々はその姿を悉《ことごと》く消してしまっており、少女の一撃が相当な広範囲《こうはんい》を一瞬に、一気に焼き尽くしたらしいことが見て取れた。

だとするならば、王国軍の兵士をまとめて一度にどこかへ運んでしまうような何かがなければ、森の炎上《えんじょう》に王国側の兵士も巻き込まれていると考えるのが自然である。

「味方ごと焼《や》き払《はら》いやがったのか」

「味方？　そんなもん、どこにいたっていうんだ？」

ロレンが漏らした呟《つぶや》きに、答えるレイスの声は本当に不思議に思っているかのような響きを帯びており、声を失うロレンへレイスは頭から馬鹿《ばか》にしたような声音《こわね》で言い放つ。

「俺様の味方は俺様だけだ。王国軍なんてのは俺様にとっては目的を果たす道具というだけで、邪魔《じゃま》だと思えば焼き払って何が悪い」

「まぁうちらは邪神なんて呼ばれとるようなもんやからな。そこは譲《ゆず》ってもえぇとして、オノレはなんで王国軍側におる。うちらが入手した情報じゃ、そっちにおるのはうちらをこないな体にした、あの国の生き残りと思しき奴やねんぞ。分かっとるんか！」

「あぁそうらしいな。自分でもそう名乗ってたから間違いないぞ」

グーラの言葉をあっさりと認めたレイス。

そんなレイスの反応にグーラは目を見開き、言葉を失ったのだがレイスの方はそんなグーラの反応のどこが面白かったのか、喉を鳴らすような笑い声を上げる。

「別に俺様は、あの黒いのがあの国の生き残りだろうがそうでなかろうがそんなことに興味はない」

「なんやと⁉」

「俺様が面白おかしく生きていく方法があればそれでよく、そんな環境《かんきょう》をあの黒いのが俺様に提供すると言うから協力してやっているというだけのことだ」

見た目に反して中々にいい性格をしているなと思いながら、ロレンは半身を起こした状態のまま、自らの内側で状況を見ているであろうシェーナに語りかける。

ラピスが咄嗟に張ったという結界の外は相変わらず真っ赤に染め上げられており、とてもではないがなんの対策もなしに飛び出していけるような状況にない。

〔何か手はねぇか？〕

〈ないこともないですが……あまりもたないと思います。その邪神さんを相手にするには少しばかり心もとないかと〉

自信なさげなシェーナの思念であるのだが、ロレンはほとんど考えることなくシェーナが持っているらしい手を使うように頼《たの》み込む。

それがどれだけ信頼《しんらい》できる手なのかということについての問題はあるが、仮にあまり信頼できない手なのだとしても打つ手なしという状況よりはずっとマシであろうと考えたのだ。

〈この炎が物理的なのか魔術的《まじゅってき》なのかはおいておくとしても、エナジードレインでいくらか減衰《げんすい》できるはずなのと、防御魔術《ぼうぎょまじゅつ》でお兄さんの体を保護すればたぶん……〉

〔充分《じゅうぶん》だ。どっちにしてもあいつをどうにかしねぇとここから逃げ出すこともできやしね

えんだからな〉

〈それでもあまり時間はもちませんん。あの邪神さんの力がなくなるわけではないので〉

〈いくらかでも奴《やつ》の注意をこっちに引けりゃ、後はラピスかグーラがなんとかしてくれんだろ、たぶん〉

他力本願な考え方だとは思うロレンなのだが、現状を打破するような考えが思《おも》い浮かばない上に、逃げるにしても逃げ道《みち》がないような状態では他に手もない。

ならばせめて、ラピスかグーラが何らかの手を打ってくれることを期待しつつ、それまでの時間を稼《かせ》ぐのが自分の仕事だろうと、ロレンはまだ続いているグーラとレイスの会話を聞き流しながら、大剣を持つ手に力を込め、立ち上がるタイミングを計るのであった。


「前々からヤな奴やとは思うとったが、うちの目の前でえぇ度胸やないか」

ロレンがレイスへ切りこむ隙《すき》を窺《うかが》っている間にも邪神同士の会話は続いていたのだが、どうやら話は平行線をたどるだけではなく、グーラの怒《いか》りに火を点け始めていたらしい。

押し殺《ころ》した声で目をいからせ、肩を震わせるグーラに対してレイスの方も見た目からは到底《とうてい》想像できないような凶悪《きょうあく》な視線でグーラを睨《にら》みつけている。

「俺様の邪魔をするな、っていうのが分からないか？　確かにあの国はムカつく国だったがもう滅《ほろ》んでる。今の俺様には、今どれだけ面白おかしく暮らせるかの方が重要だ」

「あの黒いのがまたあの国みたいなんを立ち上げたらどないすんねん！」

「それは俺様には関係ない話だな」

「レイスっ！　オノレはっ！」

声を荒《あら》らげたグーラがその手を振るう。

真紅に染まって燃え上がる空間から、その身を守るための結界の内側にいるグーラから攻撃を受けるとは思っていなかったのか、レイスはグーラの行動に対する反応が遅《おく》れた。

その遅れをついて、グーラの権能である見えない口が小柄《こがら》なレイスの体に噛《か》みつき、一瞬周囲を染めている真紅の色が薄《うす》れる。

「痛ぇだろうが！」

だが即座にレイスは自分に噛みついている口へ手をかけると、おそらくは憤怒の権能なのであろう力を振るい、その口を焼き尽くしてしまった。

権能を焼かれた余波が伝わったのか、グーラはその胸を手で押さえ、口からわずかばかり黒い煙《けむり》を吐《は》き出す。

その一瞬を見逃すロレンではなかった。

周囲の火の勢いが弱まったと見た瞬間、弾《はじ》かれたようにその場に立ち上がるとラピス達が張っているらしい結界を抜けて、弱まったとはいえまだ燃え盛っている空間へと飛び出していったのである。

「人間如《ごと》きが馬鹿か⁉　俺様の権能で灰にされたいのか！」

グーラの権能によって噛みつかれたらしき場所には傷一つなく、その権能を焼いた手をロレンへと向けながらその行動を鼻で笑ったレイスだったのだが、すぐにその表情は驚愕《きょうがく》に彩《いろど》られることになった。

おそらく生物であるならば、すぐさま焼かれて動けなくなるであろう空間へと飛び出したロレンが、その勢いのままにレイス目がけて切りかかってきたからである。

「なんだこいつは！」

「名乗るほどのもんじゃねぇよ」

シェーナの使うエナジードレインと、ロレンの体を守るためのなんらかの魔術によってロレンが感じている熱量はかなり抑《おさ》えられたものになっていた。

それでもじりじりと肌の表面が焼けるような感覚があり、あまり長くはもたないだろうとロレンは感じている。

ならば考えるよりも体を動かし、速攻《そっこう》で決める以外に手はないだろうとロレンは両手で握る大剣をレイス目がけて力の限り振り回す。

だがレイスも見た目は幼い少女でありながらその正体は邪神の一人であり、そう易々《やすやす》とロレンの攻撃を受けるようなことはなく、スカートの裾《すそ》をはためかせながら素早《すばや》い動きでロレンが繰《く》り出す大剣の光景を回避《かいひ》する。

「人間か⁉　お前、人間なのか⁉」

「最近ちょっと、自信がねぇな」

つい先日、魔族《まぞく》の頂点である大魔王本人から、内側にいる〈死の王〉と少しずつ混ざり始めていると告げられたロレンとしては、人なのかと問われるとやや返答に困る部分がある。

それについて考え始めると思考が迷路《めいろ》にはまりそうな気がして、ロレンは軽く頭を振ってその考えを追いやると、すぐにレイスへと追撃《ついげき》を仕掛《しか》けた。

弱まったとはいえ燃えている空間の中をかなりの勢いで振り回される大剣の刃に、レイスは回避するのが精一杯《せいいっぱい》な様子で逃げ回るのだが、追いかけるロレンの方に余裕《よゆう》はない。

ロレンからしてみれば、いくらか抑えられている現状でも少しずつ肌が焼かれているような感覚を覚えているような状態であり、これがレイスがグーラに攻撃を仕掛けられる前の状態に戻《もど》ってしまえば、さらに行動できる時間が短くなってしまう。

そうさせないためにもひたすら攻撃の手を休めず、レイスが権能を使う余裕がない状況に追い込み続けるしかないのだが、体が小さく、動きも素早いレイスを相手にロレンの攻撃は当たるような気配がない。

「ちょこまかとっ！」

「うるせぇ！　そんなごつくて太いのなんか食《く》らってたまるか！」

応じたレイスの方にも余裕は感じられなかった。

ただでさえ自分の権能が効力を発揮している空間の中で、人族が動き回っているという信じられない状況だというのに、それに加えて目の前の大男が振るう大剣はレイスがなんとかそれを弾《はじ》き返《かえ》そうと試みる守りの魔術などをいともたやすく切《き》り裂《さ》いてくるのだ。

そんなものを直接体に受けてしまえばひとたまりもなく、その上目の前の大男の攻撃は休まることがない上にやたらと的確にレイスの体を捉えようと繰出《くりだ》されてくる。

「何なんだお前は！　グーラの情夫か⁉」

「答える義務はねぇな！」

「こんな可憐な少女に、そんな無骨なもん振り回すとかありえないだろ！」

「可憐な少女ってのは警告もなしに百人以上の人間を焼いたりしねぇもんだ」

見た目だけならば確かにレイスは可憐な少女の姿であった。

しかし、敵味方合わせて百を超える人間を一瞬のうちに焼き殺した張本人でもあり、ロレンが攻撃の手を緩《ゆる》めることはない。

だがそんなロレンも、いかに相手が邪神といえども掠《かす》る気配すらないままに自分の攻撃が回避され続けているという現状に、少しずつではあるが焦《あせ》りを覚え始めていた。

あと一手、レイスに攻撃を当てるためには必要だろうと思うロレンなのであるが、ちらりと攻撃の合間にラピス達の方を見てみれば、どうやら権能を焼かれたダメージが思った以上に深かったのか、口を押《お》さえたまま動けなくなっているグーラを介抱《かいほう》しようとしているラピスの姿が見え、どうやら自分の支援《しえん》をできるような状態ではないらしいと悟《さと》る。

〈私が援護《えんご》します！〉

ロレンの頭の中にシェーナの声が響く。

周囲の炎へのエナジードレインを行いつつ、ロレンの体を保護している状態のシェーナにさらに支援が可能なのかと訝《いぶか》しく思うロレンであったが、その体の内側から何かの気配が膨《ふく》れ上《あ》がるような感覚が沸《わ》き起《お》こると同時に、ロレンの攻撃を回避し続けているレイスの顔が驚きに歪《ゆが》んだ。

「なんだ⁉　お前いったい何なんだ⁉」

おそらくはシェーナがその〈死の王〉の力をさらに発揮させ、何らかの妨害をレイスに対して行ったのだろうと考えながら放ったロレンの一撃は、回避行動が遅れたレイスの肩口を掠める程度に捉える。

切り裂かれた衣服とその下の肌にうっすらと赤い線が走るのを見たロレンであったが、あまりに浅すぎる一撃であり、レイスを仕留めるには程遠い。

「この野郎《やろう》、俺様《おれさま》の体に傷を！」

浅いとはいえ傷を負った痛みがその怒りに火を点けたのか、レイスの周囲の温度が一気に跳《は》ね上がるのをロレンは感じていた。

このままではシェーナの守りを貫いて、体が焼かれてしまうだろうと思いながらも大剣を振るう手を止めないロレン。

そのロレンを焼き尽くしてやろうと険しい視線を向けたレイスは、突如《とつじょ》としてその視線を再び驚きの感情に染めながら自分の足下《あしもと》へと視線を下ろした。

そこには当たり前のようにレイスの華奢《きゃしゃ》な足があったのだが、その足首を地面から伸びた無骨で巨大《きょだい》な手が掴んでいたのである。

「アタシの可愛《かわい》い子達はおろかアタシにまで、色々とやってくれたじゃないの」

ぼこりと音を立てて地面の下から顔を出したのは、土まみれになり少しばかりあちこちが焼け焦《こ》げた状態のルクセリアであった。

レイスの権能が周囲を焼き尽くしてからというもの姿の見えないこの邪神は、あろうことか地面の下に逃げ込むという方法でその熱から逃げおおせていたのである。

もちろん、ルクセリアが手懐《てなず》けていた者達にそのような真似《まね》ができるわけもなく、おそらくはレイスの権能にやられて灰にされてしまったのだろうが、それがルクセリアを怒《おこ》らせたらしい。

「ちょ、おまっ。どこから顔出してやがんだ！」

「あら、可愛いの穿《は》いてるのね」

土の付いた厳《いか》つい顔で、にやりと笑うルクセリアにレイスが慌《あわ》ててスカートの裾を押さえる。

その位置関係からしてルクセリアからはレイスのスカートの中身が丸見えになっているはずなのだが、じりじりと肌を焼かれているという状態で目の行き場がそこなのは流石《さすが》色欲の邪神といえた。

「ふざけんなよお前！　今度こそ周りの土ごと焼き払って……」

「あらいいの？　あの子はアナタの下着になんか興味ないみたいよ」

言われてレイスがロレンへと視線を向けたときには、既《すで》にロレンの体は目の前へと迫《せま》っており、その手に握られた大剣はまさに振り下《お》ろされようとしている真っ最中であった。

慌てて防御《ぼうぎょ》の魔術を編み上げるレイスではあるのだが、ロレンの大剣はその魔術を易々と切り裂いて、レイスの体を捉える。

小柄なレイスがまともにロレンの一撃をその身に受ければ、真っ二つにされてもおかしくはないはずだったのだが、そこはさすがは邪神というべきなのか、力任せにルクセリアの手の中から足を引き抜く。

そのまま間髪《かんはつ》を容《い》れずにレイスはロレンの一撃を左肩《ひだりかた》に受けて、かなりの深手を負わされつつも後方へと飛んでみせたのであった。

「あん、もう強引《ごういん》ね」

「馬鹿か手前ぇは！　くそっ、仕留め損《そこ》ねたっ」

かなり深く入った、というのは切ったロレンにも分かっていた。

しかしながらそれは相手が人の身であったのならば、即座に致命傷《ちめいしょう》になるというほどの深手ではなく、ある程度放っておけばそのうち死ぬだろうという程度のものでしかなく、まして邪神相手なのであれば到底満足いくとは思えない程度の傷でしかなかったのである。

「くっそ！　なんなんだその剣は！　普通《ふつう》の剣なら俺様達に通用するわけがねぇんだ！」

毒づいたレイスであったのだが、ロレンがそれに答えるわけもない。

無言のまま追いかけて大剣を振るうのだが、相当な出血を伴《ともな》う傷を受けつつもレイスはこれをさらに後方へと飛ぶことで回避。

それを追いかけようとしたロレンであったのだが、着地したレイスから噴《ふ》き出した猛烈《もうれつ》な熱量にたたらを踏まされることになる。

「やってくれるじゃねぇかお前ら。ただで済むとは思うなよっ！」

「これは不味……」

血の流れる左肩を右手で押さえるレイスの体から発せられる気配に、ロレンはすぐに命の危険を感じて飛びのいた。

「これで死ぬならそれまでだが、次に会ったらこの傷の借りは返させてもらうからな！」

叫んだレイスを中心にして世界が深く濃《こ》い真紅に染まっていく。

その色はこれまでの比ではなく、巻き込まれればただでは済まないことは十分理解できたのだが、その広がる速度が速すぎて到底《とうてい》逃げ切ることができないこともまた、同じく十分に理解できてしまう。

「くそったれ！　これでなんとかなりやがれ！」

ふと思いついたのは、自分の握る大剣が魔王の武器であり、炎を操《あやつ》ることができるとい

うことであった。

レイスの操る権能に対してそれがどこまで通用するのかは全くの不明であったのだが、どうせ逃げ切れないならばとロレンは大剣の切っ先を地面へと突《つ》き刺《さ》し、握る柄《つか》にありったけの力を込める。

「ロレンさん！　それは無茶《むちゃ》……」

〈お兄さん！　いけません！〉

そのままぎゅっと目を閉じれば、急に瞼《まぶた》を通しても分かるほどの白い光が生じ、続いて全身を揺《ゆ》さぶるほどの衝撃《しょうげき》と、耳が駄目になるのではないかと思うほどの轟音《ごうおん》に襲《おそ》われてロレンの意識は急激に遠のいていく。

そんな中で実際に聞こえたのか、それとも幻聴《げんちょう》であったのか、どちらともつかないラピスやシェーナの声を聞きながら、ロレンは大剣にもたれかかるようにしてその意識を手放したのであった。

エピローグ　病院で摺合わせる

しょりしょりと規則正しい音が眠気《ねむけ》を誘《さそ》う。

実際、寝《ね》ている以外にすることがなく、気を抜けばすぐに眠気の手に掴《つか》まりそうな状態ではあるのだが、ロレンは治療院《ちりょういん》のベッドの上に横になりながら、その傍らで椅子《いす》に座《すわ》り何やら果物の皮を小さなナイフで剥《む》いている人影《ひとかげ》に声をかけた。

「なんでお前なんだよ」

言われて顔を上げたのは、平服姿のクラースであった。

軽く足を組み、手の中で果物を回しながらその皮を途切《とぎ》れさせることなく剥いているその姿は、何故《なぜ》だか一幅《いっぷく》の絵のように整って見えて、それがロレンをさらに面白《おもしろ》くない気分にしている。

「なんでって……お見舞《みま》いに来たんじゃないか」

不機嫌《ふきげん》そうなロレンの顔の原因が分からず、戸惑《とまど》いながらもクラースは手の中で器用に果物を小さく切り分け、ベッドの脇《わき》にあった背の低い棚《たな》の上に用意してあった皿の上へと綺麗《きれい》に並べる。

「普通、そういうことすんのはラピス辺りの担当じゃねぇのか」

「そうかもしれないけれど、別にボクがやってはいけないという法はないだろうに」

ロレンが不機嫌そうな声を出している理由がその辺にあったのかと理解したクラースはにやにやとした笑《え》みを顔に浮《う》かばせつつ、持ってきた籠《かご》の中からまた別の果物を取り出すと、こちらも手際《てぎわ》よくその皮を剥き始めた。

憤怒の邪神こと、レイスとの戦闘がどうなったのかについてロレンは実際にそれを見ていたわけではないので、詳《くわ》しい話は意識を取り戻してからこの治療院のベッドの上で聞かされていた。

ロレンが大剣《たいけん》の力を使って、傷の痛みに権能を発動させたレイスに対抗《たいこう》しようとした後、意識を失ったのであるが、その試みはある程度成功したらしい。

結果として、レイスはそれ以上の戦闘の継続《けいぞく》を断念し、その場から逃走《とうそう》。

後には権能を焼かれて深いダメージを負ったグーラと、レイスの権能とロレンの大剣の力からの二重のダメージをまともに受けてこんがりと焼けたルクセリア。

それに大剣に力を使いすぎて意識を失ったロレンが残されたのだ。

正直なところ、ロレン以外の人員に関してはその場に捨てておこうかと思いましたよと

は後始末を一任されることになってしまったラピスの言葉である。

そう言ってしまうのも仕方がないかとロレンは思っていた。

グーラに関してはそれほどでもないとしても、ただでさえ体の大きなロレンに加えて、ロレンよりも体の大きい上に地面に埋まったままのルクセリアまで動けない状態で、その場から立ち去るためにはこの三人を運ぶ必要があったのである。

いかにラピスの正体が、人族と比べれば能力的にかなり高い魔族であったとしても、それらの行為《こうい》が重労働であったのだろうと推測することは難しくない。

おまけにその運ばなくてはならない人員の一人は色欲のルクセリアである。

肉体的にも精神的にも、ラピスにはかなりの負担がかかったらしい。

それでもラピスはロレンを背負い、ルクセリアとグーラの足を掴んで引きずりながら戦線に出発する前にいた街まで一人、歩きとおしたのである。

そしてその足でロレン達を治療院に放《ほう》り込み、治療《ちりょう》の手続きを終わらせると休む暇《ひま》もなく帝国軍《ていこく》へと出頭し、事の次第《しだい》を説明したのだ。

現在、ラピスがロレンの近くにいないのはこの事情聴取《ちょうしゅ》のためで、今回の一件をラピスが帝国側にどのように説明しているのであろうか、ということを考えるとロレンは気が重くなってしまう。

まさか馬鹿正直《ばかしょうじき》に全《すべ》てを話すようなことは、ラピスならばそんなことをするはずもないのは分かるのだが、ならばどのように説明すれば敵味方合わせて百人以上の部隊が一瞬《いっしゅん》で全滅したという状況を説明できるものか、ロレンには考え付かない。

「ロレン達より遅れてここに到着《とうちゃく》したボクらは幸運だったんだろうな」

ロレン達と同じ時期に到着していれば、同じ部隊に配属された可能性が高い。

そうなった場合、自分達では生き残ることができなかっただろうというクラースの考えはおそらく正しいのだろうとロレンは思う。

なにせロレンが配属されていた部隊は全滅してしまっている。

正確にはロレン達四人を除いて全員が死亡したらしい、ということになっているのだ。

クラース達がいかに将来を希望された有能な冒険者《ぼうけんしゃ》だとしても、あの状況で生き残れたかと考えればその可能性はかなり低い。

ロレン自身もラピスやグーラがいなければ、最初の一撃目で死んでいた可能性が高く、生き残れた自分もまぁまぁ幸運だったのだろうと思っている。

「しかしロレン。個室に入れたなんて幸運だったんだね」

ロレンがベッドの上でじっとしている間にも、前線では小競《こぜ》り合《あ》いとは言っても戦闘が続いている。

当然傷病兵というものが前線から後方の街へと送られ続けていて、治療院のような施設《しせつ》はどこも軒並《のきな》み満員状態であり、ロレンが今現在入れられている部屋のように個室に一人だけ入れるような状態ではないのだ。

それでもロレンが個室にいられるのは、ラピスが強引にテコ入れした結果らしい。

本来ならばルクセリアと一緒《いっしょ》にどこかの大部屋に入れられるはずであったのだが、これに対してラピスが頑強《がんきょう》な抵抗《ていこう》を見せたのだ。

ロレンが聞いた話では、ラピスの要求を通してくれないのであれば、何が起こったのかについて一言も話すことはない、とまで言ったようで色々と揉《も》めはしたのだが、最終的にはラピスの要求が通った形でロレンは現在、個室にいる。

これに関してはラピスに深く感謝するべきだろうとロレンは考えていた。

意識のない状態でルクセリアと同室になるなど、冗談《じょうだん》ではないと思うロレンである。

ちなみにロレンの代わりにどこかの運のない誰《だれ》かがルクセリアと同室にされてしまっているのであるが、その室内がどのようなことになっているのかについてはロレンは考えないようにしていた。

軽度の火傷《やけど》と極度の衰弱《すいじゃく》という症状《しょうじょう》のロレンに対し、ルクセリアの方は担《かつ》ぎ込まれたときは本当に生きているのか首を傾《かし》げたくなるほどの重度の火傷に見舞われていたのだ。

思わず治療を諦《あきら》めたくなるような状態で、治療院に勤めている治療師達《ちりょうしたち》も匙《さじ》を投げかけたのであるが、とりあえず形だけはという感じで施《ほどこ》された治療だけで、翌日には動き回れるくらいまで回復し、二日ほどでさっさと退院してくれないものかと治療院側が思うくらいまでになっているらしい。

これと真逆だったのがグーラであり、こちらは外見上は大した怪我《けが》はなかったのだが、どうも内臓の方に深いダメージを受けてしまったようで、現在も安静治療中である。

こちらもルクセリア同様、治療師が匙を投げたくなるような重体であったのだが、普通なら死んでいてもおかしくないはずの状態から日を追うごとに回復の兆《きざ》しを見せていた。

この二人に関しては治療院側はその生命力を不思議がる一方で、詳しく調べさせてほしいとラピスに交渉《こうしょう》を持ちかけてきたようなのだが、ラピスはこれを一顧《いっこ》だにせず却下《きゃっか》し、おかしな真似をすればただでは済まさないときつく言《い》い含《ふく》めている。

詳しく調べられて、人族ではないなどという判断が下されれば騒《さわ》ぎになることは間違《まちが》いないので、それを事前に阻止《そし》したラピスの行動にロレンは感謝することしきりであった。

「仕事で不幸が多い分、埋め合わせなんじゃねぇか」

「なるほどね。それなら納得《なっとく》だ」

からりとした笑顔《えがお》になったクラース。

そんないい笑顔を見ながらロレンは傍《かたわ》らに置かれた皿の上からクラースが切り分けた果物のうちの一つを手に取り、どこか釈然《しゃくぜん》としない思いを抱《かか》えながらもそれを口へと運ぶ。

誰が切ったところで果物の味が変わることはないのだが、クラースが切ったと考えるだけで何故だかいくらか味が落ちるような気がするロレンである。

「お前もちっとは不幸に見舞われろよ。例えば、俺と一緒に担ぎ込まれた大男の病室に見舞いに行ってみるとかよ」

「ロレン、それだけはお断りしたい。何故だか知らないけれどボクの頭の片隅《かたすみ》であの病室にだけは近寄ってはいけないという警告が鳴《な》り響《ひび》いているんだ」

「なんでだよ、意外とウマが合うかもしれねぇだろ」

「何のことか分からないけれど、不幸に見舞われろと言っている時点でそこにとんでもない何かがいることは確定しているじゃないか」

心底嫌《いや》そうな顔になったクラースを見ながら、ロレンはいつかルクセリアをクラースにけしかけてやろうと心の片隅に書き留《と》めておく。

そんなロレンの頭の中ではシェーナの力のない笑い声が聞こえていた。

「しかしロレン。それは本当に大丈夫なのか？」

クラースに尋《たず》ねられてロレンがクラースの視線の先を見れば、皿の置いてある棚の上にいつの間にやら姿を現していたニグが、切り分けられた果物の一つを抱え込もうとしている真っ最中であった。

二人の視線を受けて、なんだとばかりに前脚《まえあし》を上げるニグに苦笑《くしょう》しながらロレンは自分の腕《うで》へと視線を移す。

ロレンが受けた軽度の火傷は防具などに守られていない場所だった顔や首、手。それにズボンを貫《つらぬ》いて焼かれてしまった足のあちこちといった場所だったのだがそこには包帯ではない白いものが貼《は》られていたのだが、その白いものはニグが吐き出した蜘蛛《くも》の糸だったのである。

レイスとの戦いを経ても無事であったニグは、ロレンが受けた傷の部分に自分の糸を張りつけ、包帯の代わりとしていたのだ。

これは治療の際に一度、治療師達の手によって剥《は》がされていたのだが、調べた治療師達からは包帯を巻いておくよりもずっといい効果が望めそうだということで、治療の後で改めてニグが巻きなおしている。

ロレンの体の大部分を守った防具の方は、出所が出所だけにさすがというべきなのか、表面が焼かれはしたものの、しばらく放っておいたらいつの間にやら元の状態に戻っていた。

「なんだかロレンの体に巣作りしているように見えて仕方ないんだ」

火傷の上などに糸を張《は》り巡らせたニグの行為は、クラースの目にはそんな風に映っていたらしい。

「問題ねぇよ。賢《かしこ》い子だから悪さもしねぇしな」

巨大な蜘蛛というものは、それだけで嫌悪《けんお》感《かん》を抱《いだ》く者もいる。

クラースも嫌悪とまではいかないものの、多少不安を感じてしまっているようだったのだが、ロレンがそう言いながら果物を抱え込んでいるニグの背中を撫《な》でてやると、本当に大丈夫《だいじょうぶ》そうだと理解したのか、ニグへと向ける視線が幾分和《いくぶんやわ》らぐ。

「けどよ、俺がニグを連れて歩くようになってから、大分経《た》つぜ？　お前の心配ってのは今更《いまさら》じゃねぇのか」

「あんまり注意して見ていなかったから」

「まぁこいつ、雄《おす》だからな」

「やっぱりか」

冗談のつもりでニグの性別を口にしたロレンだったのだが、クラースがあっさりと納得したのを見て、もしニグが雌《めす》だったら話は違《ちが》ったのだろうかと首を捻《ひね》るが、クラースにそれを聞けば恐《おそ》ろしい答えが返ってくるような気がして、湧《わ》き出《だ》してきた疑念を無理やり意識の外へと押《お》しやる。

「ロレンさん、起きてますか？　あれ？　クラースさん？　宗旨替《しゅうしが》えでもされたのですか？」

「何の話だ……」

妙《みょう》な雰囲気《ふんいき》になった空気を換気《かんき》するかのように、病室の扉《とびら》を開いて部屋の中へと入ってきたのはラピスであった。

そのラピスはクラースの顔を見るなり、開口一番にそのような台詞《せりふ》を口にしたのだが、その意味するところは分からなくとも、何かしらろくでもなさそうな話になりそうだったのでロレンは即座《そくざ》に突っ込みを入れる。

「男性の病室にクラースさんがお見舞いとか天変地異……」

「聞いてねぇよ、聞いてねぇから」

「冗談くらい言わせてくださいよ。色々と面倒《めんどう》でしたし、色々と面倒になりそうなんですから」

病室にある椅子はクラースが占拠《せんきょ》していたので、ラピスは深いため息を吐きながらロレンが横になっているベッドの縁《ふち》に腰《こし》かけてそんな言葉を漏《も》らした。

「面倒事かよ」

「ええまぁ、仕方ないですよね。何せ全滅《ぜんめつ》した部隊の生き残りになってしまったわけですし。帝国軍からしてみれば数少ない、王国側の正体不明戦力と戦って帰還《きかん》できた情報源になったわけですし」

邪神《じゃしん》レイスに関しては、帝国側でもある程度その存在を掴んでいたらしい。

ただ、それと交戦し生きて帰ってきた兵士がいなかったせいで相手については正体不明となっていたのだが、今回ロレン達《たち》が初めてその情報を持ち帰ったというわけである。

ラピス一人の報告で帝国が満足するのであれば、それほど面倒にもならないのだろうが、ほぼ確実に帝国はラピス以外の者達からも情報を得ようとするはずであり、それがラピスの言う面倒だったことと、これから面倒になりそうなこと、というものだった。

「上手《うま》く説明できる気が全くしねぇよ」

「そこは何とか上手くやってもらうしか。私と口裏を合わせた、なんてことになれば情報の信憑性《しんぴょうせい》が薄れてしまいますから」

そう言いながらラピスは腰かけていたベッドの縁からわずかに体を倒《たお》して、ベッドの上で横になっているロレンへ体を近づけつつ、まだ果物の皮を剥いていたクラースに対して犬でも追《お》い払うかのように手を振《ふ》ってみせる。

それに気が付いたクラースは苦笑しながら、ごゆっくりと小さく呟くと手にしていた果物とナイフを皿の上へと置き、病室を出て行った。

「まぁある程度は摺合せをしておきませんと、さらに面倒なことになりそうですし」

「そりゃ分かるが、なんで人払《ひとばら》いしやがった」

「どこから情報が漏れるか分かりませんし、最悪誰かに踏《ふ》み込まれたら、私が悲鳴を上げながら布団《ふとん》の中に潜《もぐ》り込みますので、事の真っ最中だったというような設定でひとつ」

「そっちの方が面倒なことになりそうな気がするんだが、俺の気のせいかよ？」

うんざりしたような顔と口調でロレンが言えば、ラピスは顔に満面の笑みを浮かべる。

誤解されてもラピスからしてみれば、願ったりかなったりの状況《じょうきょう》で気にすることではないのだろうが、ロレンの側からしてみればそれでもいいような、それでは不味《まず》いようななんとも判断のつかない話であった。

「とりあえず、言ってはダメなところと言っても大丈夫なところの摺合わせから始めましょうか」

そう前置きしてから説明を始めるラピスの体の重みを感じながら、ロレンは諦めたような顔つきでラピスの説明へ耳を傾《かたむ》けるのであった。

とある神官の手記より

いちおう私の為《ため》に弁明しておきますと、きっかけは本当に親切心からだったんです。

何がと問われれば私がロレンさんに元々所属していた傭兵団《ようへいだん》の団長さんに会いに行くことを提案したことなのですが。

自分のルーツを知るということは大事だからと思ったのですがロレンさんには通じず、これに関しては保留という感じになったのですが、ここで二つのトラブルが起きました。

一つ目は、その団長さんがいるというユスティニア帝国の隣国、ロンパート王国が冒険者ギルドを追い出しにかかったということ。

二つ目は、こちらは私的にちょっと大事だったのですが……大魔王陛下から直接の命令が届いたということです。

その内容は、足は用意するのでロレンさんを大魔王陛下の居城まで連れてこいというもので、これを見た時の私が頭を抱えたことは想像に難くないでしょう。

何せ大魔王陛下からの勅令です。

拒否するという選択肢など最初から存在していません。

いえ、ロレンさんをちょっと騙《だま》すという罪悪感に耐えられれば、話の持って行き方は簡単なのです。

冒険者ギルドを潰しにかかった王国への報復に、そこと事を構えている帝国に協力せよという冒険者ギルドからの依頼が出ましたので、これに便乗して帝国に赴く際にちょっと寄り道するだけで済むのですから。

私としては冒険者ギルドが帝国までの足として用意してくれるらしい移動手段に心惹《ひ》かれるものがありはしたのですが、そこをぐっと堪《こら》えて大魔王陛下のご命令を実行に移す為に行動を開始するしかありません。

この流れ、最初から全部魔族が仕組んでいたとか思われたらどうするんでしょう。

私としてはロレンさんからの心証が悪化するような真似《まね》は可能な限り避けたいのですが。

大体、陛下も陛下です。

いかに私が気にしている人だとは言え、人族を大魔王城に招くなどということは私の知る限りでは前代未聞のはず。

それを任された私のストレスというものを察して欲しいところですね。

ついでにこれは後で陛下にクレームを入れるつもりなのですが、大魔王城までの移動手段にエンシェントドラゴンを使うって、頭おかしいんじゃないでしょうか。

ちょっと使いっ走りに行って来て、と気軽に頼めるような存在ではないはずです。

陛下からしてみればそんなことはないのかもしれませんが、こちとら一介のただの魔族でしかないいんですよ。

しかもその背中に乗せられて大魔王城まで行ってみれば、今度は風呂場にダイレクトインですよ。

これが大魔王城勤めのメイドが使う風呂場ならまだ笑い話で済んだのですが、畏れ多くも陛下御本人が使っている風呂場に投げ出されたんですよ。

生きた心地がしなかったのも無理はないと思いませんか。

知らないということは場合によっては羨ましいことで、ロレンさんなんかはあまり気にしていなかったみたいですが、私としては不敬であるの一言で物理的に首が飛ぶということを十分理解していましたので、本当にストレスで胃がどうにかなりそうでした。

とはいえ大魔王陛下自身、あまり細かいことは気にされない方でして、咎《とが》められることもなく会食という運びになったのですが、ここでちょっと驚いたのはロレンさんの恰好《かっこう》でした。

なんと言いますかどこかの王族と言われてもなるほど確かにと納得してしまいそうな出《い》で立《た》ちだったんです。

ますますロレンさんの出自というものに興味を抱いてしまったのですが、会食の場でそんな興味など吹き飛んでしまうような情報を陛下から得ることになってしまいました。

ロレンさんの中に、アンデッド最上位の存在である〈死の王〉になってしまったシェーナさんの魂が存在しているということは事前に知っていたのですが、長い間そんな状態だったせいなのかロレンさんの存在に〈死の王〉の要素が混じり始めているというのです。

ロレンさん自身はあまり気にしていないように見えましたが、これは由々しき事態という奴《やつ》で私の心労要素が増えてしまいました。

ちょっと効果の高い胃薬が欲しいところです。

追加で比較的どうでもよく、面倒だなと思う情報としてはこれから向かう帝国と敵対している王国に、あのマグナさんがいるらしいということ。

どうしてこうも行く先々で顔を会わせるようなことになるのでしょうか。

何か因縁めいたものを感じないでもないのですが、これはまぁ絶対に顔を会わせると決まったわけでもないので保留。

それと陛下、私が以前にとある魔王の反乱を鎮圧したエピソードを持ち出すのは本当に止《や》めてください。

折角清純で可憐《かれん》な知識の神の神官というイメージを大切にしているというのに、ここで武闘派のイメージなんかを付加されてしまったら、これまで積み上げてきたものが崩れ落ちてしまうじゃないですか。

既に手遅れじゃないかという幻聴が聞こえたような気がしますが、きっぱりと無視させて頂きます。


この翌日に知ることになったのですが、胃の痛いことに大魔王陛下はこの日の夜、あろうことかロレンさんの寝所に大魔王城勤めのメイドを四人も、夜這《よば》いに向かわせたというのですからたまりません。

何をしてくれているのでしょうと思ったのですが、そんな状況だったはずですのにロレンさんはまるでメイドさんらに手を出さなかったとか。

ちょっとだけですが、あれだけ質の高いメイドを四人もあてがわれて全く何もしなかったらしいロレンさんにも思うところがないわけではないのですが。

いったいどうやったらロレンさんを陥落させられるのでしょうか。

これも頭の痛い問題です。

まるで異性に興味がないというわけではないことはこれまでの付き合いから分かってはいるのですが、それがなかったら本当に男色を疑わなければならないところでした。

鉄壁すぎるのもいささか問題だと思う私です。

とりあえず陛下が疑っている不能なのではという疑惑につきましてはきっぱりと否定しておきたいと思います。

頭がおかしいわけでもないんです。

ロレンさんは身持ちの堅い貞淑な男性なんです。

ここは強調しなければならないところです。

ちょっとは身持ちを崩してもいいじゃないかと思わないでもないのですが、それは私とのときのために取っておいてください。

ただこの一件、メイドさん達には非常に受けが良かったんですよね。

人族という身でありながら大魔王陛下に引けを取らず、メイドさんらの誘惑にも負けずに自分を律した男性ということで。

無駄にライバルを作るの本当にやめてください。

それでなくとも難攻不落なんですから、ロレンさん。

そんなこんなでどうにか大魔王陛下の興味というものを満たした私達は、来た時と同様にエンシェントドラゴンさんに乗せられて北方、ユスティニア帝国を目指します。

いきなり目的地についてしまうと大騒ぎになりますので手前で下りて、ちょっと精神的に落ち着きたいということで宿場町に立ち寄りました。

温泉があるということで、是非とも堪能しなくてはと思ったのですが、大魔王城でのこともありましたのでここは一つ、ロレンさんを労《ねぎら》う為にも私が一肌脱がなくてはと宿に交渉し、風呂を貸し切りにした上で邪魔に入ってきそうなグーラさんを簀巻《すま》きという物理的説得で排除。

これで邪魔が入ることはないでしょうと思ったのですが……何故《なぜ》ここであろうことか、よりにもよって色欲の邪神ことルクセリアさんと遭遇しなければならないのでしょうか。

事前にグーラさんがおかしな気配がすると言っていましたから、何かいるのかもとは思っていましたが、ここでルクセリアさんが来なくてもいいと思いませんか。

しかも風呂場で裸の状態でロレンさんと二人っきりですよ。

間違いがあったらどうしてくれるんですか。

私がちょっとばかりはしたない蹴りを、シャレにならない威力でもって打ち込んだとしても満場一致で許されると思うのですがどうでしょう。

万全の状態でしたら有無を言わさず蹴り殺しているところです。

もっともこれで気力を奪われたロレンさんが大人しく背中を流させてくれたのは僥倖《ぎょうこう》でしたが。

本当に背中を流しただけか、ですか。

それだけですよ、本当にそれだけです。

そこから先というのは、もっと雰囲気的に落ち着いた状態でないと……と私は何を書き記しているのでしょうか。

出会ってしまったものは仕方ありません。

頭数が増えるということは悪いことではありませんし。

そんなわけでルクセリアさんとその仲間という周囲に見た目だけで毒を撒《ま》き散《ち》らしているような人達を連れて移動です。

できれば避けたい事態ですが、ルクセリアさんのことを借金の証文でいくらか縛ることができたというのは幸運でした。

そうでなければこの見た目に有害過ぎる一団と行動を共にするというだけで、私の精神の耐久力がどれだけ削られたか分かったものではありません。

人数の増えた私達は帝国軍と合流。

冒険者ギルドからの援軍は大体が遊撃部隊に配属されるということで、私達もその例に漏れることはありませんでした。

できればユーリ将軍なるロレンさんが所属していた傭兵団の元団長さんとすぐにでも面会したいところだったのですが、一介の冒険者が一国の将軍に面会を求めても通るわけがありませんので、ここは地道に功績を稼ぐところです。

前線へ向かう道中のことは、ちょっと考えたくありません。

グーラさんの胃袋なり、ルクセリアさんの愛の巣とやらなりに連れ込まれた敵の偵察部隊の方々の冥福を祈るばかりです。

一部、死んでないような気もしますが個人的には死んだ方がマシだと思います。

偵察部隊程度の規模なら邪神二人で瞬殺ではあるのですが、遊撃部隊となるとそうもいかず私達の部隊は敵の部隊と交戦することになりました。

満足な明かりのない森の中での戦闘は、なんだかロレンさんの独擅場《どくせんじょう》のようで安心して少し離れたところから観戦していた私なのですが、敵が何かの合図を打ち上げたところから嫌な感じがし始めました。

何かが来ると思ったときには既に対処できないようなタイミングになっておりまして、慌ててロレンさんを引き倒して防御の術式を行使したのですが、ちょっと胆《きも》が冷えました。

思わず口調も変わってしまうくらいに。

ここで登場したのが敵側に協力しているという憤怒《ふんぬ》の邪神、レイスさんでした。

見た目、非常に可愛《かわい》らしい少女といった感じなのですが口調は何故か俺様っ子でしたし、その権能は強力な炎を扱うということで、可愛らしさの欠片《かけら》もありません。

その威力はグーラさんの暴食の権能を焼き尽くし、グーラさん本体にまでダメージを与えるような代物だったのですが、そこで何故ロレンさんは突っ込んで行きますか。

確かに少しレイスさんの権能が弱まったタイミングでしたし、そこは絶妙だと思わないでもないのですが、邪神すら戦闘不能になるようなダメージを受ける炎の中にただの人間が突っ込むとか自殺行為だとちょっとは思わなかったのでしょうか。

しかもおそらくはシェーナさんの協力と、途中参戦のルクセリアさんの助けがあったとは言え、何故レイスさんをそれなりに圧倒してしまうんですか。

さらにレイスさんの置き土産と言うべき一撃を、いくら母様の武器を使っているとはいえ相殺してしまうとか普通ありえないでしょう。

で、結局後始末は私がするわけです。

グーラさんは口から煙を吐いて動けない状態ですし、ルクセリアさんは全身ほどよく焦げててこちらも動けそうにありません。

母様の武器に力を込め過ぎたロレンさんは当然の如《ごと》く意識を失っているわけで、一人だけそれなりに無傷だった私がこの三人を後方の街まで、一人で運ぶ羽目になったのでした。

邪神の二人は捨てていってもよかったのですが、二人のおかげで生き残ったと言えなくもありませんので、ここで捨てていくのはいかに私が魔族と言えども義理を欠く行為でしょうからできませんでした。

ということで今回のラストはいつもの病院オチです。

なんだかしれっとクラースさんがいたような気がしますが、素行はともかく悪い人ではないので今は放置です、放置。

これから私は帝国軍にそれとなくそれっぽい説明をする為のシナリオを考えなくてはならないんです。

今回のことを真相を隠して矛盾なくきちんと説明できる話が書けるなら、私は小説家になれそうな気がするのですが、やらなければ疑われるでしょうから何とかしましょう。

そんな訳で、今回はここまでにしたいと思います。

憤怒の邪神を退け、
ついに元団長のユーリと再会したロレン。
2020年 秋頃発売予定!
著者／まいん イラスト／peroshi

近況報告もそこそこに、ロレンはユーリから、
憤怒の邪神に対抗するためのものを
取ってきてほしいという怪しい依頼を受け――。
食い詰め傭兵の
幻想奇譚14

HJ NOVELS
HJN22-13

食い詰め傭兵の幻想奇譚13

2020年5月23日　初版発行

著者――まいん

発行者―松下大介
発行所―株式会社ホビージャパン
〒151-0053
東京都渋谷区代々木2-15-8
電話　03(5304)7604（編集）
03(5304)9112（営業）

印刷所――大日本印刷株式会社

装丁――木村デザイン・ラボ／株式会社エストール

ISBN978-4-7986-2211-8　C0076